Celuloide

Andrés Restrepo Gómez

FINALISTA
IV Concurso Internacional de Novela
Contacto Latino

ISBN-10:1-63065-050-1
ISBN-13: 978-1-63065-050-6

PUKIYARI EDITORES
www.pukiyari.com

Para Elena, Sara y Antonia,
queridas náuseas de este vómito.

A Juanita la edición y poesía.

Primera Parte

I

"Siempre digo la verdad, incluso cuando miento".
Scarface

La expresión del amor es tan suicida como su afonía.

Amigo es un estado relativo. Para unos pocos, la cuesta máxima de una relación. Para otros, un último escalón hacia el noviazgo. Para mí, una maldita barrera. Fui sin duda "el mejor amigo" de muchas de mis tragas. Fui el psicólogo, el doctor, el chofer, el fotógrafo, el mensajero, el botones, el bufón, el hermano, el papá, el peluche, el oído, y el hombro que toda mujer quiere mas no valora; un enfermo agonizante en una sala de espera sosteniendo el ficho mil.

Es hasta cierto punto soportable este estado. Total: mandé a la mierda a la mayoría al darme cuenta que no lograría nada. O no a la mierda, al menos a un lugar en el que el olvido conviviera con la comunicación. Un rincón neuronal donde se me permitiera disfrazarme de leal secuaz, compinche marica y coadjutor noble, mientras una prolífica indiferencia abarcara mi interior e impidiese volver a desearlas jamás. Ellas lo entendieron, no puedes tener de amiga a tu traga cuando no le gustas, es disfuncional a simple vista, a cualquier maldita vista, saldrán lastimados (saldrás lastimado, más bien).

Para ese momento, en el cual adaptarme a ser amigo de cada historia se me hacía menos arduo, pensé que ya había aprendido la lección: "separar el amor de la amistad". Lo sé, suena estúpido y poca debeladora aquella frase trillada, sacada a lo mínimo de la sección de autoayuda; pero me funcionó por varios meses hasta que la conocí. Luego el choque fue tan fuerte que mi cabeza me desmentía. ¡¿Cuál lección?! Estaba condenado. Ya no era capaz de ver las intenciones de una mujer. La experiencia profesional, adquirida gracias a ser el definitivo "arrocito en bajo", el repuesto de cuanta fémina me gustase, murió fulminante con Ella. Cierta amnesia causada por ese par de ojos arcanos, anulaba cualquier intento de leer sus propósitos. Me sentía novato en esto de descifrar las indirectas. Semejante analfabetismo gestual hizo de mí no solo un romántico paranoico sino, para colmo, el miserable "amigo" de siempre.

En primer lugar, quisiera contarles quién soy para que luego saquen sus propias conclusiones. No espero que me escuchen ni mucho menos que me entiendan, pero sí sería reconfortante que siquiera alguien (el que sea) me leyera y se identificara. Estoy seguro de no ser el único.

¿Qué necesitan saber? Tengo diecisiete años y estoy a unos meses de terminar el bachillerato. En realidad, no sé muy bien qué voy a estudiar. Bueno, en verdad no tengo idea; pero sé lo que no quiero: terminar siendo un asalariado en un cubículo por el resto de mi vida (el sueño de varios). No sé, tal vez sea útil saberlo. El caso es que no me preocupo demasiado, falta en teoría mucho y, además, si algo he aprendido, es que el futuro será cualquier cosa menos nuestra expectativa. ¿Para qué hacerla entonces? Quizá siendo pesimista adulteraremos esa contradicción y, en efecto, el futuro será mejor de lo esperado. De cualquier forma, en lo que consta a mi carrera, ya tengo bien claro lo frustrante que será con respecto a lo que pinta. Si soy médico, no seré Dr. House. Si soy taxista, no seré el héroe nocturno de Travis Brickle. Mucho menos seré John McClane, si elijo ser policía. Y esos que son los más estereotípicos (y "apasionantes"). No quiero siquiera imaginarme como corredor de bolsa, pues seré cualquier monótona cosa menos Gordon Gekko. Como sea, trato de "vivir" mi presente. El único lugar donde estaré.

Ahora, ¿cuál es mi presente? Supongo que uno no muy distinto al de cualquier tipo clase media de mi edad. Estudio, como, veo películas, duermo y cago, ese es mi presente. Y, bueno, de vez en cuando mantener una vida social casi inexistente.

Me considero una persona muy orgullosa, (qué más que estoy escribiendo esto) aunque moderada, pues cosas como pedir perdón no se me hacen tan desagradables como para no hacerlas. Lo hago solo si es necesario. Y por supuesto mancharía, manché y mancho, mi dignidad varias veces por una hembra. Por gusto la mayoría de las veces.

Mis gustos: no me apego a nada, pero puedo hacer de todo, con convenida imperfección, claro. Desde tapar un gol con fortuita desinflada de estómago, hasta cantar a corral de gallos una canción completa.

Pocas veces voy al cine, prefiero ver las películas en mi casa. De pronto una que otra vez en la temporada de los Óscar. Tal vez por el hecho de que solo veo cine clásico, de culto, o de vez en cuando una independiente que me llame la atención. Las distribuidoras perdieron un cliente nato desde que los teatros del país se atestaron de porquerías clichés, de sagas predecibles y de desechables *remakes*. El cine comercial, pienso yo, tuvo encanto hasta la época dorada del *western*, los musicales y el *noir*. Ya de ahí para adelante se hacen productos en cadena para la gula contemporánea.

Y es que, aunque no me apegue a nada (a nada material, o mejor, a nada que no tenga senos), el cine me es bastante útil para recrear, revivir o vivir situaciones. Puede ser innecesario y habrá quienes ni lo comprendan, pero podría llegar a aclarar situaciones o sentimientos que, al no tener la suficiente fantasía para volverlas letras, (pues solo veo fotogramas en mi cabeza) qué mejor referencia que un ejemplo visual del séptimo arte.

Mi nombre, temo, podrá quitarle cierta credibilidad al relato. Su escasez, o, mejor dicho, su universalidad haría pensar que, o les estoy tomando del pelo, o mi creatividad es tan limitada como para encontrarme un mejor seudónimo, o ambiciono con él ser un espejo para que ustedes le pongan nombre propio (el de ustedes o el de cualquier otra víctima). Lo cierto es que, sí, me llamo Fulano. Tómenlo o déjenlo. Si sirve de algo, permítanme decirles lo embarazoso que es llamarse como el N.N mundial.

No miento cuando les confieso que debo aclarar casi a diario, en la calle, en el colegio, por teléfono, por chat, que no estoy tratando de joder a quien pregunta mi nombre de pila. Y que cuando, por corolario, preguntan mi primer apellido, tengo que responder por mera obligación patriarcal con aquel que, de la manera más bizarra e irónica, se acomoda a ese nombre de mierda:

Pérez. El trillado apellido latino por excelencia. Fulano Pérez. Ese soy yo. Ese es todo el mundo, supongo.

Es comprensible, creo yo; aquel padre que jamás quiso ser padre y le tocó ser padre (padre soltero, además, pues tan pronto el bastardo nació, la madre huiría), lleve consigo una especie de rencor tácito hacia el indeseado que, por ley y solo por ley, debe criar. El causante principal de la inesperada frustración de su prometedor futuro.

¿Quién es entonces ese X para el padre que jamás quiso ser padre y le tocó ser padre? Un entremetido fulano que logró salirse por una insignificante fisura del condón. ¿Cómo llamarlo? En consecuencia, y para joderle la vida a semejante fracaso de aborto: Fulano. Ni más ni menos.

Debo admitir, a pesar de todo, que el padre (de primer apellido Pérez) quien jamás quiso ser padre y le tocó ser padre, no ha sido mal padre. Si bien la secuela de su "venganza notarial" es indeleble, (a menos que yo quiera cambiarme el nombre, cosa que creo no haré pues a esta altura ya me vale huevo) mi crianza, fue, y ha sido, relativamente normal dentro de los estándares sociales.

El segundo apellido lo omitiré: primero porque no le haré el favor a mi cabrona madre; y segundo, porque tampoco le haré el favor a cualquier marica friki que quiera conocerme en Facebook. Como sea, ese es mi nombre y mi primer apellido. Tal vez no sea ninguno de los dos, quizá ni siquiera exista, pero se tendrán que conformar con la duda. No me importa, la verdad. Quien me tiene que leer sabe con certeza que de hecho sí soy Fulano. Ya le di mi explicación hace años. El resto me tiene sin cuidado. Total, esta puta historia puede ocurrir aquí, en China y hasta en Somalia. No se sorprendan.

II

"Tengo un punto de vista realmente pesimista sobre la vida: creo que la vida se divide entre lo horrible y lo miserable. Esas son las categorías principales. Lo horrible sería... no sé, los enfermos incurables. Me refiero a los ciegos, los inválidos [...] Y después, lo miserable incluye a cada uno de nosotros. Lo engloba todo. Así que tenemos que dar gracias por sentirnos miserables, pues la otra alternativa es aún peor".
Annie Hall

Me enamoré por primera vez a los catorce años. Era ingenuo y todavía lampiño en las pelotas, pero me enamoré. Señalarán ustedes que fue cosa de púberes a esa edad. Sí, quizá lo es la mayoría de las veces y lo fue para mí después una y otra y otra vez; pero, créanme, esa noche no. Lo que sea que ocurre en el cerebro cuando el ser humano está enamorado, elévelo a la dos, súmele un chocolate, un poco de marihuana y aun así estaría lejos de comprender lo que me ocurrió en ese hostal. Diría que el proceso biológico se pasó un poco de la raya y me intoxiqué jodidamente de oxitocina. No fue ni traga, ni curiosidad, ni atracción sexual, ni muchos menos una obsesión de mierda. Fue amor, amor genuino, amor élfico, amor precoz, amor no correspondido, llámelo como quiera, pero amor al fin y al cabo. Para ironía de mi preliminar y posterior destino, y de la naturaleza misma de este relato, ella nunca fue mi amiga. Incluso así es pieza clave de lo que hizo a Fulano, Fulano. Y a ███, ███.

Esa noche tenía mi primera fiesta. Al menos la primera con alcohol. Era Halloween así que debía llevar un disfraz. No me molestó, de niño siempre me gustó disfrazarme. El ritual infantil de recibir dulces tras un "triqui triqui" o un "dulce o truco", lo considero fascinante, como también el de vestirse de cuanto personaje fantástico o histórico o estereotípico que exista y dejarlo apoderarse de nosotros la noche del treinta y uno. El hábito de tocar la puerta lo había dejado hacía unos pocos años, pero el del disfraz, al parecer, se convirtió en la primacía de cualquier fiesta realizada en octubre. Es lógico, pienso yo, la necesidad de una máscara a medida que se es mayor. Si la oscuridad de una persona es directamente proporcional a su edad, el tapujo en Halloween debe de ser mayor a medida que se es mayor.

Cogí entonces mi máscara de *hockey* de Jasón en *Viernes 13* y un par de condones del nochero de mi papá. Solía hacerlo antes de ir a algún lado, aunque la mayoría de las veces se convirtiesen en el gorro de alguien, terminaran inflados con agua o en manos de cualquier pendejo cachondo que me ofreciese un par de pesos por ellos. Como fuese, esa noche la noticia del alcohol me hizo pensar que los necesitaría. De todas maneras, mi papá ni se daba cuenta. Desde que mamá se fue a los dos meses de que yo naciera, según él, no tuvo sexo con nadie más. Eso es lo que decía borracho y entre lágrimas, culpándome por la huida de ella. Por supuesto, nunca le creí lo de su estúpida fidelidad. Los gemidos de mujeres en la habitación de al lado no venían precisamente del computador, además, los condones ni los necesitaba, un año antes se hizo hacer la vasectomía para «evitar otro bastardo» (una mierda como esa) por lo que los tenía solo para colegialas temerosas por el SIDA o para conservar su imagen de virilidad. Por fortuna, se estaba quedando calvo, así que venían, en su mayoría, cincuentonas y, lógico, los preservativos quedaban disponibles.

En fin, el semental Jasón salió de casa con dos Today's en sus bolsillos y fue caminando rumbo a la prometedora fiesta. Era en el apartamento de Sofía, mi traga por esa época. Por supuesto, yo era su mejor amigo. "Amistad" que empezó de hecho con unas tutorías gratis de inglés que le di pues iba horrendo en la materia. "Amistad" que aun hoy pongo entre comillas y de la que dudo con severidad empezase sin interés, pues a cambio de abrazos, confidencias y el apelativo de "mejor amigo" (o del vergonzoso "*beffi*") por parte de ella, debía yo, no solo enseñarle a conjugar el verbo *to be* o a pronunciar al menos con pequeñez una oración simple, sino decirle completo el examen final con un lenguaje manual concebido en las supuestas tutorías de dos horas semanales (un dedo: *a*, dos dedos: *b*, tres dedos: *c*, cuatro dedos: *d*). Al final, ganó el examen. Todo siguió su curso normal. Cumplí mi papel de *partner*, nos volvimos un poco más cercanos y, tras involucrar un poco mis sentimientos sin voto, la convertí al tiempo en la que podría decir fue mi primera obsesión.

Esa tarde en el colegio luego de decirme que su primera emborrachada la quería pasar conmigo, despertó en mí una esperanza depravada pero factible. Si no podía ser mía sobria, lo sería ebria por unas horas. Al repasar esa posibilidad maleada, me detuve en el camino y sonreí con perfidia. Palpé mis bolsillos y seguí caminando. Llegué a la fiesta. Apartamento 601 del bloque dos. Al abrirse el ascensor, una luz *crossover* me guio hasta la puerta a medio abrir. Oh sorpresa, nadie traía disfraz. Alguna mujer con el tan clichesudo maquillaje de gato (que residía meramente en un puntico negro a lápiz en la nariz y tres cortas rayas en cada cachete) mientras el resto estaban vestidos de civil. Genial, había quedado otra vez como el imbécil del día. Estaba por quitarme la máscara y tirarla por la ventana, cuando sentí un abrazo cariñoso, aunque no menos amigable.

—Pensé que no vendrías. —Me volteó hacia ella.

—¿Y perderme tu primera pea...? ¿estás loca? —Soltó sus manos de mi cadera, suspiró una risa, y me miró tratando de ubicar mis ojos entre los dos hoyos negros de la careta de Jason Voorhees. Me quitó la máscara, me dio un beso en la mejilla y me dijo antes de irse con su novio: «Ahora hablamos ¿vale?», utilizando en ese "¿vale?" un tono encriptado como si ambos guardáramos algo del otro. Esa noche terminaba con él, ella me había dicho. Al parecer era un perro. Yo siempre lo supe, no hay que ser muy sabio para conocer a una "nea", esa raza es predecible.

Me senté en una esquina a esperar el desenlace, algunos bailaban, pero la mayoría bebía; el resto tenía pareja, así que estaban cegados... y yo...yo solo la miraba. No se besaban, pero ella le sonreía. Los espié por unos minutos tras la máscara. Recuerdo haber supuesto una conversación entre ellos: Sofía sonreía mientras le decía a él lo bueno que pasaron juntos, recordándole los inolvidables cinco meses de su noviazgo entre la droga y el reguetón, el perreo y la farándula. Sin duda con aire de gratitud pero sabiendo que quería algo nuevo, quería dejarse por fin llevar por su corazón, superar ese ciclo desabrido de besos sin sentimientos y encontrar a quien la respetara y valorara. Podrían seguir siendo amigos, tal vez, pero hasta ese día iría su poco envidiable romance. Quizá lo que de verdad deseó y anheló lo tuvo al lado siempre (Yo), pensaba ella. Él, con su frío rostro de bandolero intacto, aceptaba lo que ella decía mientras una mirada cortante hacia mí, indicaba su inmenso deseo de destriparme por haberle arrebatado a su chica.

Por supuesto la conversación que tuvieron fue cualquiera menos esa. Mi pelmaza manía de acertar los diálogos ajenos fracasa casi siempre; sin embargo, despojarme de mis esperanzas costaba unas horas más, así que solo desvié la mirada y me adentré en mí mismo a esperar un milagro. *Le terminará y por fin le diré, le terminará y por fin le diré,* me trataba de convencer.

Diez de la noche, once de la noche. *Ya lo va a hacer,* me dije. *Creo que me vendría bien un trago.* Me serví el primer vodka de mi vida y me senté de nuevo.

Doce de la noche. Seguían hablando. *Se acabó mi vodka. Creo que probaré el whisky,* pensé.

Una de la mañana. *Salieron a la pista de baile, ella no está muy feliz. Por fin, ¡le va a terminar! Mierda, no puedo ver bien desde acá, creo que ya estoy prendido. Tendré que bailar con alguien. No, esta no. La próxima canción. Mierda, reguetón. ¡Ah!, no importa. Parece que esta baila peor que yo. ¿Bailamos? Bueno, desde acá los veo. (No sé si le pueda seguir el paso a esta grilla). Un momento ...le quiere tirar a Sofía. Malnacido, la va a besar. Ella lo besa, lo está besando.*

Mierda.

Mierda. Mierda.

Mierda. Mierda. Mierda. Mierda.

La canción alcanzó su momento *sexy*; ese en el cual la chica con la que bailas se las da por un segundo de fácil y en el que yo, por lógica adolescente, debía mover más profundo la cadera. Me las ingenié para hacerlo en medio de la situación. La chica me miró y parecía feliz (o al menos eróticamente complacida). Yo le sonreí bien falso mientras contenía las lágrimas. Una logró caer de mi ojo izquierdo, pero supongo que se confundió con el sudor. Sofía seguía besando con efusión salvaje a la "nea", mientras él le cogía el culo. Parecía que se estuvieran burlando de mí; el hijueputa restregándome su victoria a salivazos, mientras que ella me recordaba los límites de la "zona de amistad", mostrándome lo que nunca tendría. Fue insoportable… debía salir de allí.

Solté a la chica y corrí hacia la esquina de nuevo. Mi rostro no podía fingir más. Cuando iba a quebrar en lágrimas, vi la máscara de Jason. Nunca había sentido tanto alivio al verla. Me la puse rápido y empecé a llorar; a llorar de la rabia, de tristeza, de desamor, de ironía, de todo. Alguien subió el volumen de la canción hasta que nadie se escuchaba, fue allí cuando aproveché y grité con todas mis fuerzas: «¡Puta vida!».

No me escucharon. De hecho, si no hubiesen subido el volumen y mi grito condenado llegase hasta a oídos del portero, de igual forma nadie se preguntaría qué me ocurrió. Era invisible en cualquier situación, pero esta vez me tranquilizó que mi presencia no valiera. Me levanté decidido a irme y empecé a caminar hacia la puerta. Dibujé allí un último destello de anhelo, tal vez Sofía me viera, tal vez de verdad le importaba. Caminé lento mientras la imaginaba detrás de mí preguntándose qué me ocurría. Casi llegando escuché unos tacones que me seguían. No podía recordar si ella traía tacones o no. No sé por qué, pero al fin recordé que sí los tenía. No quise voltear todavía. Seguí caminando con una sonrisa de expectativa detrás de esa mascara. Llegué a la puerta y di la vuelta. No había nadie detrás de mí. Ella seguía feliz bailando con su novio. No traía tacones, tenía botas. Perdí toda esperanza en ese momento. Salí de su casa, salí de su vida y ni lo notó.

III

"Algún día llegará una verdadera lluvia que limpiará las calles de esta escoria".
Taxi Driver

Algunos lectores se sentirán un poco desviados por la mención (dirán indebida) de uno que otro término que me aferra a mi podrida ciudad natal, de cuyo nombre no quiero acordarme (no por citar a Cervantes sino porque de verdad no merece recordarse); los cuales he utilizado a lo largo de mi relato y quisiera aclararlos, pues a pesar de no tener sinónimos aceptados a nivel internacional, son indispensables para el desarrollo de esta tragedia.

Como en todo lugar del mundo, aquí existen subculturas urbanas que le dan un tinte de zoológico a la sociedad y que despojan a toda persona de cualquier originalidad, atribuyéndole a cada uno, una raza acorde a sus ideologías. No hablaré de mi raza porque soy de los que al ser tan marginados —tan afortunadamente marginados diría yo— son únicos, o al menos pocos en su clase, conservando algo de autenticidad. Por ello me centraré solo en definir una raza que carece de mi respeto y, por el contrario, me genera vergüenza semejante grado de subdesarrollo ideológico y banal normalidad en tremenda manada de desastres genéticos que habitan un país en vía de progreso.

Me refiero a las "neas": plural de "nea" (véase también "ñero", "valija", de apariencia desechable, gamín, "piropero", "lacra", "coleto"), derivado originalmente de la palabra gonorrea: enfermedad venérea también denominada blenorragia, blenorrea y uretritis gonocócica. Es una enfermedad de transmisión sexual desagradable al extremo, provocada por la bacteria *neisseria gonorrhoeae*. El termino como tal nació unos años antes en los barrios más degradados de la ciudad, donde, quienes no tenían un buen uso del lenguaje, tras conocer esa palabra, "gonorrea"—en alguna campaña de educación sexual de la alcaldía o algo parecido—, la interpretaron incorrectamente como "gorronea"; la utilizaron como un insulto entre ellos y, para hacerla más propia a su tan venerado léxico (léase con sarcasmo), la abreviaron poco a poco hasta quedar en "nea".

Pasaron los años y gracias al dinero fácil que un mágico polvo blanco brindaba, una gran porción de esta gente subió de estrato y en vez de empaparse de cultura, sembró su subcultura a barrios clase media-alta. De allí en adelante, ser "nea" se convirtió en una moda y un estilo de vida. En un pensamiento, en una motivación, en una religión, en una estirpe adoptiva identificada con estas características:

1. Uso extravagante de prendas que de alguna manera los unifica. Entre las que se encuentran: gorras de talla grande; gafas de sol que se utilizan para y solo para la noche o en interiores; camisas o camisillas también superiores a su talla, con estampados vistosos cargados de tribales y en algunos casos de imágenes religiosas, casi siempre de la Virgen de Guadalupe o hasta del mismo Jesús crucificado; sudaderas negras o camufladas, también superiores a su talla (valga la redundancia).

2. Intereses consumistas y físicos, basados sobre todo en el anhelo desesperado de conseguir —el viernes, su día santo— un "parche" donde puedan alicorarse; bailar reguetón como el único género musical que los entiende al aludir a fantasías sexuales quizá reprimidas; probar sustancias malignas para el organismo, que al ser ilegales se hacen bastante atractivas; y siempre hacer lo posible por ir en contra del sistema, cual francés ilustrado. Solo que en este caso su ideología es o inexistente o muy parecida a la del *homo erectus* en proceso evolutivo.

3. Talentosa habilidad para la poesía escrita. O mejor, para citar poesía sin nombrar la fuente; esencialmente en sus dispositivos celulares (véase casi siempre: iphone). Con el ánimo de atraer mujeres que, tras conocer a un Neruda por chat, tienen sexo fácil con quien, en persona, resulta ser tan romántico como un Bukowski sobrio.

4. Tendencia a la "humildad egocéntrica". Me explico: quieren demostrar modestia y sencillez a la hora de vestirse, hablar y tratar a los que no son de su linaje, con actos tan visiblemente heroicos y altruistas que tienen como final y único objetivo, subirles el ego. (Ejemplos: darle detalles "desinteresados" a las niñas del salón de clase; ser los primeros en dictar una improvisada y desesperante cátedra de moralidad cuando hay una injusticia; vender dulces en el colegio y recoger la plata solo para «ayudarle a la cucha» (ayudarle a la mamá); narrar, cuales héroes de guerra, cómo se salvaron de ser apuñalados en el estadio el domingo pasado luego de defender con la vida a "su equipo".

5. Lo anterior, no lo culpo en su totalidad. Al fin y al cabo, todos buscamos la humildad para hacernos sentir mejor de nosotros mismos. Pero esa maliciosa vanidad puede ser disimulada con un poco de prudencia y no, como ellos suelen hacer, a los ojos del puto mundo.

6. NOTA: Lo que más me emputa no es esa hipocresía barata, sino la ignorancia del resto de la gente.

7. Dependientes por completo de su manada. Al estar solos se vuelven vulnerables y pierden su rumbo. Por eso, cuando por asuntos vacacionales se separan, deben de mantenerse siempre en línea con el fin de conocer las nuevas tendencias, modas e influencias del mundo Nea, pues son inexcusables para el equilibrio de la especie al reunirse de nuevo el clan.

Quienes me leen, y no son imbéciles, de seguro notaron que la anterior anatomía sobre las neas, fue escrita por alguien que ha sido afectado con dureza por la presencia de dicha masa. Alguien inducido por la cólera, por el rencor, por la ira, por la venganza y, por qué no, por la envidia. Alguien que está claro que fue alguna vez el desgraciado príncipe de un cuento de hadas cuya princesa prefirió al antagonista. Con el alma en pedazos y el corazón endurecido de rabia, tengo que aceptar que tienen toda la razón mis queridos lectores.

A excepción de la tan anónima Alicia (y lo digo no por certeza, sino por desconocerlo. Siendo fatalistas pudo no ser la excepción) todas las chicas que me gustaron, se fueron con un tipo así. Fue siempre una nea quien me arrebató la ilusión irrenunciable de cualquier enamorado empedernido. Desde Sofía hasta Daniela, desde Mariana hasta, por último, Ella. Dios mío, ¡█! ¿Por qué █?

Hoy supongo que lo que más me hiere al recordarlo, es realizar lo ingenuo que fui fijándome en quienes las enamoró sencillamente lo banal y lo superficial. ¿Soy yo el único que piensa en otras cosas, maldita sea? ¡Ay, mis confidentes!, excúsenme si manipulo la información de manera que parezca un mártir, ¿quién soy para darle un sujeto a la trivialidad? ¿Acaso es Fulano el verdadero villano de este relato?, pensarán ustedes. Pues lo cierto, señoras y señores, es que si lo que buscan es la verdad en mí pierden el tiempo. Yo soy solo una versión. Soy el antihéroe de mi propia historia. Soy el espectador de otra historia. Soy el puto mejor amigo de todas las historias.

IV

"El mundo se derrumba y nosotros nos enamoramos".
Casablanca

Era la una y media de la madrugada. Unas cuadras antes, había arrojado la máscara a una quebrada. No me esperaban en casa hasta el final de la mañana. Avisé antes de salir que iba a dormir donde Raúl, mi mejor amigo. Bueno, no era el mejor, pero al menos el único. Total, él no estaba en la ciudad ese fin de semana así que podría conseguir licor y pasar por primera vez un desengaño, ebrio y en la calle. En ocasiones los ahogaba con melancólicos vallenatos o con cerveza que dejaba mi papá en la nevera. Aunque esa noche fui afortunado. Claro, no era lo que quería; ¿qué ansiaba más que castrar a esa nea y declarármele a Sofía en medio de unos *shots*? Pero parecía que la vida me estuviera dando una medalla de bronce, un premio de consolación con el que al menos por unas horas, olvidaría a cualquier nea, problema y Sofía.

Conseguí una pola y un trago de ron en un hostal que estaba medio vacío. A pesar de ser temporada alta, solo había tres habitaciones ocupadas por mochileros de paso. Era un lugar agradable que casi se podría catalogar como de cuatro estrellas. Yo seguía allí en el bar (quizá de menos estrellas) solo, con un cantinero a quien no le importó mi edad. Aún pensaba en ese estereotipo del cantinero escucha problemas que limpia la barra y que sirve un trago diciendo: «La casa invita», pero lo único que obtuve fue a un malgeniado que se limitaba a servir. No me podía quejar, me vendió trago. Aunque hubiera sido una buena fantasía cumplida el verlo tirar un par de botellas y recogerlas en el aire.

Pasaron los minutos, las horas, los segundos. El tiempo en sí se volvió un accesorio. Miré el reloj por última vez a las dos y veintiocho, antes de notar que ella entraba al bar. Tardó cinco pasos entre la puerta y la barra, cinco pasos tan precisos como los de Bill antes de morir en esa secuela de Tarantino, cinco pasos tan memorables y cuya importancia no valoraría hasta estar sobrio. Traía una falda que no revelaba más que sus rodillas pero que permitía insinuar sus muslos; y unos tacones ruidosos. (Reí de ironía por lo de los tacones, sin que nadie lo notara). Era alta y sensual, su rostro se veía tan tierno y puro, aunque a la vez emanaba un elegantísimo espíritu de malicia. Se me vino a la mente Vivien Leigh en *Lo que el viento se llevó*, una mujer que, a pesar de su instintiva sensibilidad y humanismo, llevaba en un primer plano de su vida, sus intereses femeninos. Escogió sentarse a mi lado. Era hermosa. Sin duda extranjera. Pidió una margarita con un acento argentino que nunca había escuchado de alguien tan cerca. Me propuse a hablarle. Es increíble lo seguro que te sientes al estar borracho; por desgracia, no lo estaba lo suficiente como para coger cojones y decirle algo.

Busqué tema de conversación, pero no encontré nada interesante. Ella no se sorprendió al ver un adolescente borracho, tampoco lo haría con cualquier pregunta tonta de mi parte.

Opté al fin por hacerle pensar que estaba bebiendo cual Nicolas Cage en *Leaving Las Vegas*, agarrando la copa de ron con demencial brusquedad y dejándola caer a mi boca para que de verdad se sorprendiera. Miró de reojo y me sentí un imbécil entre imbéciles hasta cuando interrumpió, bendita, la elipsis con una pregunta:

—¿No sos muy chico para beber? —Qué tonalidad tan hermosa la de esa interrogación. Volteé mi mirada hacia la de ella, se veía seria.

(…)

—La verdad es que tengo diecisiete. —Le mentí. Aunque ella no pareció convencida.

(…)

—Bueno dieciséis, en una semana cumplo los diecisiete. —Perfumé la mentira un poco, pero siguió escéptica unos instantes más.

(…)

—Está bien, no te culpo yo a esa edad ya conocía al mismísimo Johnny Walker… era una locura. —Se rio, mostrando por primera vez su divina sonrisa traviesa. Yo hice lo mismo y solté una leve carcajada de confidente, aunque no tuviera puta idea de quién era ese tal Johnny Walker a quien llegué a envidiar con bestial amargura los días siguientes. Hoy que lo sé, me causa más gracia mi pendeja envidia que el comentario en sí.

—Y, ¿de dónde eres? —le dije ya motivado. Al cabo de unas milésimas y luego de darme cuenta de que la había cagado, complementé—: Digo… ¿de qué provincia? Obvio que eres argentina.

Me sonrió y tomó de su margarita.

—De Mendoza, querido. —Tomó de nuevo y preguntó sin mirar—: ¿Sos vos de acá?

Asentí.

De allí en adelante me contó sobre ella y yo le conté sobre mí. Tenía diecinueve, aunque aparentara más. Había salido hacía un año del colegio y decidió hacer un viaje por toda Suramérica con sus amigos (a quienes tildó de *hippies*). Era su tercer día aquí. Le había encantado todo. Me inquietó su conformismo. Reía casi con cada comentario que salía de mi boca, una risita musical que humillaba a cualquier melodía. Su nombre era Alicia. Significaba, según ella, *"Aquella que es real, verdadera y sincera"*. Nunca creí en esas cosas hasta que la conocí. Le dije mi nombre y le pregunté si sabía su significado, ella me dijo que no tenía idea, Fulano no era muy común por allá. Bueno, común sí, muchísimo de hecho, junto con Mengano, Zutano y Pepito. Pero más para referirse a un X, no a alguien en específico.

Me pidió un trago. Yo no tenía dinero. Me dijo que ella pagaría todo. Pidió una segunda margarita para ella y un coctel de gracioso nombre para mí.

—¿Mojito? —pregunté con gracia—. ¿De dónde carajos es eso?

—¿Qué? ¿Acaso parezco una historiadora de cocteles…? Valórame un poco más —se burló con sarcasmo y le recibió al cantinero los dos tragos.

Cogí el "mojito" un poco apenado.

Duro un tiempo más hasta contradecirse:

—Bueno… sí sé de dónde es. —Tomó un sorbo grande de la margarita y continuó—: De Cuba.

Sonreí sin mostrar mis dientes. Me sonrió mostrando sus dientes y miró el ahora comunista coctel de forma traviesa, como escondiendo algo aparte de una risa.

—La concha…—se desahogó en silencio con la grosería más hermosa—. Conozco hasta la historia. —Inclinó su cabeza a la barra y suspiró una carcajada—. ¿…Qué estoy haciendo con mi vida? —se dijo a sí misma en voz alta.

—Oye —interrumpí su meditación existencial—, a mí me interesa.

Lo poco que oí antes de perderme para siempre en sus ojos claros que explicaban —mi versión favorita—del nacimiento del mojito, era que dicho trago se remontaba al siglo XVI, cuando un pirata, con el fin de combatir enfermedades típicas de los marineros, creó una especie de ron primerizo de baja calidad y le añadió lima, menta, azúcar y otras hierbas, creando una bebida medicinal —totalmente inmunda— que llamaron draquesito. Siglos después, en Cuba, el ron mejoró notablemente y por consiguiente esa mezcla se convirtió en un éxito y orgullo del país. Cambió de nombre a mojito. Y «hasta Hemingway lo tomaba a diario», fue la última frase de Alicia que recuerdo haber procesado bien.

Todo a mí alrededor se empezó a disipar. Todo menos su figura, su rostro, su voz. Mientras el abstracto se apoderaba del exterior, Alicia seguía allí, frente a mí, lúcida y clara como nadie más que ella misma. Real. Verdadera. Sincera. Sin duda estaba borracho, pero algo millones de veces más fuerte que el alcohol se había apoderado de mi cordura y de mi alma, algo tan poderoso que hace al más orgulloso rebajarse a depender de otro. Estaba enamorado. Sí que lo estaba. Lo sabía con toda seguridad…pero… ¡¿Por qué?!

No estoy seguro por qué, pero en lugar de dejarme llevar por el momento llegó a mi mente esa pregunta que se hace Nemo Nobody (de *Mr. Nobody*, una película belga tan brillante que obvio se hace putamente inencontrable en Latinoamérica):

"¿Qué nos pasa cuando nos enamoramos? Como consecuencia de ciertos impulsos, el hipotálamo libera una poderosa descarga de endorfinas. Pero, ¿por qué exactamente esa mujer o ese hombre? ¿Hay una liberación de feromonas inodoras que corresponden a nuestra señal genética complementaria? ¿O rasgos físicos que reconocemos? Los ojos de la madre, un olor que estimula un recuerdo feliz… ¿El amor es parte de un plan? ¿Un vasto plan de guerra entre dos modos de reproducción?

Fue drenante no poder concentrarme en Alicia hasta que pasaran las hordas de información.

Bacterias y virus son organismos asexuados. Con cada división de célula, con cada multiplicación mutan y se perfeccionan mucho más rápido que nosotros. Contra eso, respondemos con el arma más terrible: el sexo.

Mierda, acabáramos…

Dos seres, mezclando sus genes, barajan los naipes y crean un ser que resiste mejor los virus cuanto más disímiles sean ellos.

¿Participamos sin saberlo de una guerra entre dos modos de reproducción?".

Cierra paréntesis que me pareció eterno y ya veo con claridad: todo pensamiento pasa por mi cabeza por algo.

Si sigo la lógica de estas reflexiones de Nemo, mi atracción hacia Alicia fue planeada con minuciosidad para, y solo para, la conservación de la raza humana. Suena extremadamente superficial y apocalíptico, pero tenía razón en algo ese güevón; es el sexo, y no solo el sexo por procrear sino el sexo por placer, lo que nos hace superiores al resto de seres. Es este el que desencadena el resto de cosas como las emociones, como el amor. El sexo es el producto y la razón del amor. Sin sexo no hay amor, pero sin amor no necesariamente no hay sexo —¿quién era yo para hablar de follar a los catorce?— pues bien, no me refiero precisamente al contacto ni al sexo específicamente como coito (aunque fue importante y lo verán después), sino a la mera atracción y al mero deseo propio del ser humano. Deseo que, como lo dijo *Nobody,* está vinculado a ciertos olores y/o facciones. Al no conocer a mi madre tendría que decir que no fueron sus facciones las que vi en Alicia, por lo que no me queda otra hipótesis más que sus feromonas. Ahora que lo pienso, fue su olor lo que no me dejó despegarme de la silla en toda la noche. Un olor suave y dulce. Era fresa y cereza. Fresa y cereza. Fresa y cereza. Fresa y cereza. Fresa y cereza. Fresa y cereza. Fresa y cereza. Fresa y cereza. Fresa y cereza. Fresa y cereza. Fresa y cereza.

Las memorias de mi infancia no eran (y ahora mucho menos) muy claras. Supongo que las podría resumir en una fiel pero miserable única compañía de la televisión. Luego de que mi madre se fuera, nos dejara, nos abandonara, se muriera, se desintegrara, fuera abducida o lo que sea que le haya pasado…no me importa mucho, aunque me gusta creer que fue raptada. Mi papá se dedicó por entero a su trabajo y dejó a un casi recién nacido a la deriva de niñeras de duración fugaz quienes, la mayoría, cedieron mi crianza a la merced de la televisión. Y me refiero a años cuando hablo de esa crianza —me encantaría decir no convencional pero que se convirtió en la moda de los noventas, la primera década de los dos mil y aun en nuestro tiempo—, que delimitó por completo mi carácter.

Cómo olvidar series como *Pinky y Cerebro,* de cuyas ideas macabras de conquistar y esclavizar al mundo sembraban en mí una afición no muy alejada de la maldad. O qué tal del metrosexual *Jhonny Bravo,* quien promovió mi soberbia y ego. Y por favor, qué me dicen de la tétrica *Billy y Mandy,* cuyo personaje "puro hueso" le dio a un bebé de siete años la clara, ficticia, terrenal y jocosa imagen de la muerte. ¿Esto era sano? ¡Por supuesto que sí! Toda mi generación lo vivió, ¿no? Pero la inmensa diferencia fue que el resto, (casi todo el resto) corrompió sus pañales acompañado de una mamá, de un papá, o de los dos, quienes le aclararían cosas que el puto Cartoon Network no hizo y les mostrarían esa delgada línea del bien y el mal que en mí nunca existió.

Pero a lo que quiero llegar es a ese recuerdo exacto que estoy seguro me atrajo a Alicia: Ya fuera una niñera o mi papá, solo había una forma de deshacerse de mí, lo primero ya quedó claro, prender la televisión, a cualquier hora y por cualquier motivo, para llenarle al niño la cabeza de dudas; y lo segundo, que se convirtió en tradición y que era lo único que se le pedía a las niñeras para ser contratadas, era servirle al niño, antes de sentarse por horas a ver sus programas, cerezas y fresas, cerezas y fresas, cerezas y fresas, cerezas y fresas, cerezas y fresas por igual cantidad en su tasa amarilla de *Bob Esponja* (la esponja homosexual de Fondo de Bikini). Fue así como pasé mi niñez, por un lado anhelando que Tom descuartizara a Jerry; que Mojojojo venciera a Bombón, a Burbuja y a Bellota; que Silvestre cenara a Piolín; y que Cerebro conquistara al mundo, (siempre haciéndole barra a los malos). Y por el otro lado, disfrutando de esos frutos rojos cuyo olor no reviviría hasta ese momento, ese momento cuando una argentina, mi argentina, a quien le hubiera dado mi innecesaria vida solo por unas milésimas más de su voz (solo quienes se han comunicado de verdad con alguien lo entenderán), se apoderó de esa manera tan salvaje y casual de mi adolescente corazón.

No me di cuenta cuando salió del bar. Su aroma seguía en el aire y mi memoria ya estaba condenada a su recuerdo. Era agridulce la sensación pues sabía que no la vería nunca más, sus palabras efímeras de unas cuantas horas hicieron más que las acciones de mucha gente en toda mi vida. Y hasta ese momento todo quedó en ilusiones que estaba seguro no llegarían a ningún lado. Me imaginé escapándome con ella y dejando mi mierda de vida sin futuro, por otra mierda de vida sin futuro, pero con ella a mi lado, solo quería eso, solo fantaseaba con eso. Pero la maldita razón entró a hacer de las suyas y me hizo caer en la cuenta que, si ella para mí lo era todo, yo para Alicia era un tipo con el que, quizá tuvo química, pero que solo se quedó en eso.

Lo siguiente sonará increíble, pero juro que sucedió. Si hay algo que deben creer de esta↑ historia, es esto. ↑

↑

Luego de que mi mirada siguiera ya por tercera ocasión el recorrido tomado por Alicia ↑ para salir del bar, de preguntarme las razones por las que ni siquiera se despidió y luego de↑ evocar por milésima vez la imposible situación de un reencuentro, mi cordura volvió a la barra, específicamente a mi "mojito". Allí, como por obra divina, yacía una servilleta. Una servilleta↑ marcada con el número 308 y un corazón garabateado. ↑

El *bartender* me sonrió con un gesto de complicidad. Miré hacia la silla donde estuvo ella.↑ No era capaz de conectar mis ideas, me sentía aturdido por ella. En esa silla estuvo sentada unos↑ minutos antes (segundos quizá) la chica, La Chica, que para ese instante estuviera abriendo la ↑ puerta de su habitación, a dos pisos de mí, esperándome con las intenciones que un corazón↑ garabateado pudiera explicar. ↑

Me paré con tal euforia que alcancé a regar lo que quedaba del mojito, y sin↑ despedirme del verdugo, salí del bar en busca del ascensor que me llevara a ella. ↑

→ → → 308 → ↑

El lector deberá recordar el hecho de que para ese entonces por mi sangre circulaba el implacable alcohol de una buena parte de la noche, causante de mi, más implacable aún, dote momentáneo de galán, junto con un síndrome de habla-mierda-agradable-crónica que atrajo a la pelirroja. Pero también culpable (para desdicha mía) del exterminio en mi memoria de los pequeños pero esenciales detalles que precedieron al despojo de mi virginidad. Pues bien, al ser mis recuerdos tan traidores (no tanto como los de Guy Pearce en *Memento,* al menos los míos vuelven y no me tengo que tatuar para que lo hagan) narraré lo acontecido mezclando lo que recuerdo, lo que siento, lo que creo que recuerdo y lo que hubiera querido que pasara, dejándoles la posibilidad de convencerse hasta el punto que deseen. Para no engañarlos (o mejor, para no engañarme), lo haré en tercera persona.

Solo les aseguraré esto: la perdí.

Título:

Crónica de un neófito prostituto barato

Protagonistas:

Fulano Pérez

Alicia (su apellido aún es un enigma)

La virginidad de Fulano

Música por:

Foreigner

Narración:

Morgan Freeman

Dirección:

Billy Wilder

INTERIOR – HOSTAL - NOCHE

Fulano está a punto de tocar la puerta de Alicia (habitación 308). Está nervioso y con la vejiga totalmente llena. Aunque, para entonces, luego de preguntarse qué le esperaba tras esa puerta y de comer la tarde anterior una barra de chocolate tan afrodisiaca como el olor de cierta chica, estaba excitado y con su lampiño pene de catorce años erecto a treinta y cinco grados de su ombligo frenado por su ropa interior, por ello no veía la necesidad de ir al baño.

Tardó un tiempo más en mirar con detenimiento la chapa, en tratar de esconder su bulto con sus bóxeres y, al fin, tocó tres veces. La luz que salía del inferior de la puerta desapareció de inmediato y fue reemplazada por la sombra irrefutable de dos piernas desnudas. Fulano solo pudo oír su corazón latir con desmesurada rapidez, al son de los pasos descalzos de Alicia que se acercaban. La pelirroja abrió la puerta. Traía puesta solo una camisa lo suficientemente grande como para taparle la entrepierna, pero lo suficientemente corta para dejar ver por momentos su ropa interior fucsia y darle pistas a la imaginación. La camisa era de algún equipo de fútbol argentino y el escudo de la misma era adornado por la punta de su pezón izquierdo que parecía simular casi en burla una estrella nunca obtenida.

Alicia: (Con los brazos cruzados en su estómago, mordiendo levemente el centro de sus labios para ocultar una sonrisa nerviosa). «…Pasa». (Se corrió a un lado).

Fulano: (Dio un paso tan tímido como la sonrisa oculta de Alicia, y prosiguió un segundo paso más entusiasta que sincronizó su mirada con la de ella). «Creo que esto es tuyo». (Sacó la servilleta marcada de su bolsillo y se la puso con suavidad en la mano).

Alicia: (Dejando salir al fin su sonrisa junto con una risa bucólica). «Sí, supongo».

Un silencio incómodo recubrió el cuarto. Fulano, quien nunca pensó que llegaría hasta donde estaba en ese momento, no tenía idea de qué era lo siguiente, cuál sería su próximo movimiento. El ruidoso silencio continuó perturbando la calma hasta que, el chico, al verse a centímetros de la chica, osó atravesar ese espacio de aire que los separaba. Lo que eran centímetros se convirtieron en metros, y lo que era aire se convirtió en vidrio; pero al final, después de esa odisea cerebral, el chico pudo romper ese espacio y juntó sus labios con los de la chica.

Se oyó en algún lugar de la habitación, (o en algún lugar del inconsciente de nuestro protagonista) el tan oportuno cliché del éxito ochentero *"I want to know what love is,"* que impulsó en efecto a Fulano a abrir en medio de ese beso su boca y robarle a Alicia unas cuantas gotas de saliva que hasta ahora atesora cual elixir. *"I want to know what love is."* Procedió pues, a alzar con sigilo su brazo y acarició por primera vez el cabello escarlata de la chica con tal suavidad y delicadeza, que ni ella lo sintió. *"I want you to show me."*

Por su parte, Alicia rozaba por transitorios momentos la tan indigna lengua del chico con la suya. Fue al tercer roce cuando Fulano, incitado ya por lo que creía era un sueño erótico más en una solitaria habitación de su incluso más solitaria casa, comenzó a sobar partes de Alicia que nunca se había atrevido a tocar en otras mujeres. *"I've got nowhere left to hide, it looks like love has finally found me."* ¡Ay de la suerte de él donde supiera con certeza que ese momento era más real que la mitad de su vida!¡Ay de no haberse fundido entre el licor y el amor para quedar totalmente sedado en un plano del que solo se es posible pasar exitoso si se cree es un sueño!

Fulano: «Me gustas mucho». (Refiriéndose a un te amo).

Alicia: «Tú también me gustas». (Refiriéndose solo a eso).

"I wanna feel what love is, I know you can show me."

Se intensificó el intercambio salivoso y las caricias comenzaron a desprender la ropa que ya sobraba. Si se viese desde un rincón, la escena casi perfecta a evocar sería la de un joven hobbit encima de una pelirroja elfa; desvistiéndola con una inocencia primeriza y patética que le parecía especial a tal divinidad. Nuestro hobbit le quitó la camisa y emprendió un corto viaje hacia algo más precioso que algún anillo mágico. Con un pequeño movimiento, deslizó sus labios desde el cuello de la elfa, pasando por su hombro izquierdo, sin olvidar besar un lunar que imitaba a la luna menguante, hasta llegar a sus senos.

Alicia: «¿Tenés condón?».

Fulano: (Despegó con nostalgia su boca del pezón de Alicia, se sintió como un niño al que se le quita su derecho a amamantar). «Ya vengo». (Corrió apresurado al baño).

El hobbit se despojó con agilidad de su ropa, sacó los condones de su bolsillo y trató, antes que nada, de vaciar su vejiga desesperada con una maniobra de proporciones épicas. Ya sentado, se inclinó como plagiando a un maestro de yoga, de manera que el proyectil fuera directo al sanitario, y no salpicase en su cara, al techo, o a todo lugar diferente a donde debía.

Maldito el destino para el desgraciado pues justo roció un buen chorro de amarilla micción a su rostro. Insultó a la vida entre dientes y se dispuso a secarse. Lavó con agua su meada cara y mirándose al espejo, se tranquilizó a sí mismo.

Fulano (voz en off): *Está bien, es solo sexo. Ella de alguna manera lo propuso. Esta borracha, al fin y al cabo. ¡Cálmate!* (Humedeció su rostro). *Dicen que la primera vez no se dura nada. De verdad quiero complacerla. Okay, a la mierda, todo es mental, solo hazlo con calma y con intervalos para besos y toqueteos. Me lleva solo cinco años, no creo que sea la gran precoz.*

Finalizó su meditación y abrió un primer condón con la desesperación de un niño al abrir una golosina. La semana anterior había tenido una conferencia de educación sexual en su colegio de la que solo rescató, para su conveniencia, las instrucciones, tan detalladas como bochornosas, de cómo disfrazar a su amiguito. Lo logró a la primera y guardó el segundo por seguridad.

Preparado para abrir la puerta, confirmó que sus bóxeres no fueran víctima del desagradable proyectil, y se los puso. Quizá era prudente hacerlo, no era capaz de imaginarse saliendo del baño totalmente desnudo. Ni siquiera podía comprender lo que pasaría luego, a pesar de que fuese tan inminente el coito.

Fulano: (Abre la puerta).

Alicia yacía desnuda sobre la cama. Totalmente desnuda. Celestialmente desnuda. Demoniacamente desnuda. Él se quedó solo mirándola. Allí, de pie, y vencido en un maravilloso *shock*, transitó con estudiada lentitud su cuerpo.

Escaló primero su pelo ondulado. Pasó a su frente y caminó por sus facciones sin hacerle daño alguno; luego, se deslizó por el cuello hasta que los senos suavizaran el impacto, el izquierdo seguía sutilmente húmedo. Saltó en seguida a su abdomen y gateando llegó a su ombligo… a su centro. Era sublime ese horizonte de piel blanca y olor a fresas y cerezas. Después de dar unos tres pasos, se encontró al fin con dos caminos similares. (¡Qué dilema el de aquel pitufo!). Sentado, meditó un momento cuál pierna sería la indicada. El confundido enano captó al instante que su destino era en efecto donde estaba parado. Allí, sobre esa división seráfica, se recostó para siempre.

Recobró la razón.

Ninguno de los dos se había movido un solo centímetro. Alicia parecía estar posando para un retrato mientras le atravesaba el alma con los ojos al chico. Ay, Fulano, ¡de haber conservado tan solo un infantil garabato de su figura! Cualquier dibujo que calcase, al menos con vergonzoso trazo, a aquella musa pelirroja, superaría incluso aquel desnudo perdido en un naufragio de más de cien años.

Ese santiamén infinito es lo que más recuerda el chico de aquella noche. Sintió que si moría allí mismo, hubiera sido perfecto. Qué grato sería morir en sus brazos y burlar morir paulatinamente en los brazos de la existencia.

Sin darse cuenta, la estaba besando de nuevo. Sin darse cuenta, la estaba penetrando.

Mientras Alicia mantuvo sus ojos cerrados, Fulano no se atrevió siquiera a parpadear. Tenía clarísimo que, si los cerraba, no vería mayor fantasía a la que podía observar con sus sentidos. El chico se las ingenió para hacerla llegar al clímax rápido o al menos a fingir rápido el clímax. En definitiva, tuvieron sexo por poco menos de cinco minutos, y él la fumó por poco más de una noche.

V

*"Eres la única persona a la que permitiría ser reducida a tamaño microscópico y navegar
dentro de mí en una pequeña máquina sumergible.
Hemos perdido la virginidad, pero no fue como perder algo.
Eres demasiado buena para mí... demasiado para cualquiera".*
Submarine

Debo admitir que es mentira eso de que te da sueño después de follar y duermes como un maldito bebé. ¡Falso! Nunca estuve tan activo y en tan insoportable desvelo.

Quiero, lector, que se haga una imagen mental mía luego de perder la castidad. No le pido que me figure desnudo (ni mucho menos a Alicia) pero sí que entienda la situación así esté obligado a pensarnos con pixeles. Lo que ocurrió después traspasaba los límites de la perfección. Entre las sábanas nos seguimos besando hasta que se durmió abrazada a mí. Qué indigna mi espalda de sus brazos, mi pecho de su pecho. Y entonces, antes de entregarse a los sueños, me murmuró al oído las últimas dos palabras de su vida en mí. «Hasta mañana». La abracé más fuerte, como si supiera que lo anterior fue una despedida, medí su respiración hasta concluir que estaba dormida y cerré los ojos.

No logro acordarme de lo último que le dije. Demonios, si tuviera idea de que ese era el final, hubiese inventado algo mejor. Estoy seguro de no haberle deseado buenas noches, ni de decirle ese «te amo» que me brotaba. Solo espero evitar haber concluido con un «Fue mi primera vez» (que estoy seguro, le confesé en algún momento) o un «¿Cómo estuve?» (esa sandez púbera me carcome aún).

Como sea, en ese instante me era irrelevante lo que yo le dijera, sí —supuse yo— a la mañana nos veríamos. De hecho, no fue eso lo que me impidió dormir. Cerré los ojos. Mi cuerpo estaba dopado, mi mente sería la molestia.

Es difícil describir la sensación. Aparte de que pasaron ya años desde nuestro encuentro, el sentimiento de una pesadilla solo lo recuerda con claridad el inconsciente. Me es útil remitirlos a una escena concreta de *El lado oscuro del corazón* que sin duda fue la que inspiró a mi torturadora imaginación. Verán, el viernes anterior había alquilado la película por recomendación de un profesor, y la vi. Fuera de toda poesía exquisita (argentina, además), quedé tan impresionado con la primera escena del monólogo de Oliverio, que esta se convirtió en un ventajoso elemento surreal utilizado por mi cerebro para joderme definitivamente la aurora.

La escena va más o menos así: Oliverio, el protagonista, está acostado en una cama junto a una mujer. Ambos desnudos se recubren cada uno con sábanas blancas. Él le empieza a hablar a ella, sin apuro alguno:

—Me importa un pito que las mujeres tengan los senos como magnolias o como pasas de higo. Un cutis de durazno o de papel de lija. Le doy una importancia igual a cero al hecho de que amanezcan con un aliento afrodisíaco o con un aliento insecticida. Soy perfectamente capaz de soportar una nariz que sacaría el primer premio en una exposición de zanahorias. ¡Pero eso sí! —y en esto soy irreductible— no les perdono, bajo ningún pretexto, que no sepan volar. Si no saben volar, pierden el tiempo conmigo.

La chica mira con cinismo a Oliverio. Él se inclina hacia el nochero, donde una lámpara emite la única luz de la habitación. En el mueble hay un botón, él lo presiona y de inmediato una pequeña compuerta se abre desde el lado de la cama de la desconocida mujer, lanzándola al vacío junto con la sábana. Su grito es ahogado en milésimas por el hoyo negro de quizá infinita distancia en el que desaparece la desgraciada. Oliverio se asoma para verla caer. Se recuesta de nuevo y prende un cigarrillo.

Para hacerse una idea de lo que sentí, cambie los papeles, estimado lector. Recuerde que no ocurrió nada más allá de mi puta mente. Alicia, al lado izquierdo de la cama, le habla a Fulano que está junto a ella. Ambos desnudos.

—Me importa un orto que los hombres tengan los huevos como melones o como pasas de higo. Un cutis de bebé o de orangután. Le doy una importancia igual a cero al hecho de que amanezcan con un aliento afrodisíaco o con un aliento insecticida. Soy perfectamente capaz de soportar un pene que sacaría el último puesto en una exposición de zanahorias. ¡Pero eso sí! —y en esto soy irreductible— no les perdono, bajo ningún pretexto, que no sepan volar. Si no saben volar, pierden el tiempo conmigo—. Alicia oprime el botón y lanza a Fulano al vacío.

v
  a
    c
í
    o
O

A pesar de tenerla abrazada a mí, tuve la sensación de caer a un vacío negro, frío e infinito, desnudo y solo. Estaba despierto, pero sentía que seguía cayendo cada vez más rápido. Mi sudor llovía hacia arriba a gran velocidad, como escapando de mí, como asqueado de mi cuerpo que solo se limitaba a la gravedad. Sabía que si me movía, despertaría a Alicia, pero también estaba consciente de que estaba desmoronándome sin piedad. En palabras se traduciría a una desesperación absurda y a una angustia ciega. Caía. Caía. Caía. Y caía.

c

a

í

a

El fondo estaba tan negro como cuando comencé a caer.

Juro haber percibido horas enteras de descenso, aunque no fuese nada.

¿Qué habrá querido decir Oliverio con volar? ¿Qué habrá querido decir Alicia con volar?

¿No la complací como lo merecía semejante dama?

No se podía esperar más de este pobre pseudo

pseudo interesante

pseudo galán

pseudo seductor

pseudo semental

pseudo intelectual

pseudo atleta

pseudo poeta

pseudo escritor

pseudo mártir

pseudo fama

pseudo cronopio

pseudo pseudo

pseudo nada

pseudo todo.

No sabía volar.

Recuperé la realidad ya cuando estaba bañado en sudor. Despertar a Alicia sería un pecado imperdonable para cualquier religión. Separé con dificultad sus tetas de mi transpirado pecho y me escabullí entre las sábanas para salir a rastras de la cama. Busqué mis bóxeres en la oscuridad, hasta encontrarlos y ponérmelos. Mi corazón palpitaba infartado, mi garganta ardía, mi estómago ardía aún más y mi cabeza apenas se hacía a la idea de la noche. Eran tal vez las cuatro de la madrugada, seguía caminando en la habitación impaciente y paciente, orgulloso y avergonzado. Necesitaba comer algo. Saqué del mediocre mini bar del doblemente mediocre hostal, unos Doritos y una Sprite. No creí que habría problema, mi virginidad y amor eterno a cambio de un mojito, una gaseosa y un *snack*. Era justo, ¿no? Tras saciar mi hambre volví a la cama con la cabeza más revuelta que el estómago. Duré otra media hora revolcándome en mi imaginación y admiré por millonésima vez la desnudez de Alicia que se hacía mística a medida que la madrugada oscurecía el ambiente.

Mierda, ¿cómo carajos pudiste escapar si estábamos abrazados sin querer separarnos jamás? ¿Es mi sueño tan pesado o tu toxina tan sedante que pude estar roncando plácido ¡tres horas más!, creando duendes mientras huías? Me despertó un entrometido rayo solar de nueve de la mañana. Despegué mi cabeza de la enorme baba espumosa que me unía a la almohada (qué puto asco el preámbulo de mis levantadas), y busqué a Alicia por todas partes. En el baño, en el bar, en recepción, en mi resaca. Era inútil, había hecho el *check-out* temprano. No tenía mucho afán pues desayunó tres *waffles*. Sin pena pagó los Doritos y la Sprite. Y además convenció al tipo ese de dejarme quedar en la habitación el resto de la mañana. No me quedé el resto de la mañana. Me bañé en agua helada y salí del hostal con mi única adquisición, una servilleta sucia marcada por lo que fue una gota de mojito, ya evaporado y garabateado con imperfección, en tinta de lapicero gratis de *lobby,* con algo parecido a un corazón.

Si se preguntan qué puede uno sentir ahí, en esa orgía sepia de emociones, déjenme decirles que la frustración por la noticia de la ahora prófuga, me recorrió de manera parecida (y a pesar de que no conocía yo de esa nocturna vida por otro medio diferente a *Cowboy de medianoche)* a la de un gigoló al que se le paga generosas sumas de dinero tras un cotidiano y vacío trabajo que generará arrepentimiento en días de nostálgica retrospectiva, e indiferencia en noches de olvido, tres veces más candentes a la preliminar.

VI

"Todos nos volvemos locos alguna vez".
Psicosis

Lo contado anteriormente es el *flashback* necesario para poder comprenderla a Ella. Si mi Alicia fue la Annabel de Humbert Humbert, Ella es, sin duda, la Lolita que solo pudo existir por la primera. Querida, sé que me estás leyendo, por favor no dejes de hacerlo tras descifrar la única razón de este texto, que eres tú. No temas a encontrar algo desconocido, pues bien me llegaste a conocer más que yo a ti. No te espantes y no huyas de esta confesión, es mi último mensaje. Por ahora relájate, algún fragmento tuyo saldrá enlazado entre capítulos de esta primera parte, pero sin dar pista de quien sos. Censuraré tu nombre, si es eso lo que te inquieta. Serás por el momento "Ella" o "███". El resto, pues, lo dedicaré más a hablar sobre tus antecesoras y sobre mi vida antes de ti (así es, la que tenía antes de que la poseyeras), para que percibas cómo no fuiste la única en romperme el corazón. Como diría Jules Winnfield: *"No quisiera herir tu ego, pero esta no es la primera vez que alguien me apunta con su pistola".* Qué hostil sonó eso, ¿verdad? Te vas haciendo una idea. Tranquila, amor mío, tienes todo el desenlace para ti sola.

Luego de esa noche y de esa mañana absurda, mi vida siguió su normal curso monótono. Consideraría que más monótono que lo estipulado por la monotonía. Después de tener sexo por primera vez, me convertí, por casi un año, en la persona más asexual que se haya conocido. Primero, olvidé por completo a Sofía y a la nea (me llegó hasta a causar lastima esa relación Sid-Nancy). Segundo, me importó un reverendo orto volver a ser el fiel confidente (para ellas, gay) de mis amigas. Retomé sin resistencia mi papel de gurú, de consejero, de escucha problemas, de asesor de imagen, de dietista, de preparador físico y de tutor gratis de inglés (todo un marica desocupado). Y tercero: se excitaba más un vegetal que yo. No solo perdí cualquier atracción hacia las chicas que me rodeaban, sino también (y esto fue lo más preocupante), hacia mis platónicos amores de noches solas en internet. Scarlett Johansson, Angelina Jolie, víctimas de mi abstinencia. Como también las más clandestinas Alexis Texas y Esperanza Gómez quienes, se podría decir, perdieron un considerable índice de *rating* en sus educativos videos por esa temporada. ¿Alguna razón? El espectro de Alicia vivió conmigo durante meses. Como dije antes, fue la primera persona de la que me enamoré de verdad. Fuese como un tormento o como un recuerdo grato, ella me acompañó todo noveno. Francamente no sé cómo explicarlo, creerán que estoy demente y que la vi atravesar paredes como si yo tuviese la habilidad del niño de *El sexto sentido*. Pero lo cierto es que, aunque no he visto fantasmas en toda mi vida, el término "espectro" empleado, representa más que una metáfora.

Verán, esa mañana al llegar a casa, abaleado por su partida, sutil y célebremente violado, me refugié en mi cuarto el resto del día. No quería hablar con nadie, no quería saber nada del mundo. Separé de mi videoteca toda película que tuviese de alguna manera un resplandor de Alicia, incluyendo la totalidad de filmes argentinos (además de la pesadilla de *El lado oscuro del corazón*) que me permitían oírla así fuese en boca ajena. Mierda, ¿saben cuántas actrices tienen el pelo rojo? ¿Tienen la menor idea de cuantas veces ha sido usado *"I want to know what love is"* como *soundtrack*? ¡Demasiadas! Me la pasé viendo películas y construyendo lo que nunca llegué a conocer de ella a punta de personalidades clichés, a punta de fotogramas pasajeros. Alicia se convirtió esa mañana en un híbrido utópico de Ruby Sparks combinado con Summer Finn. En una Kate Winslet de principios del siglo XX y en una Vivien Leigh de la Guerra Civil norteamericana. Era Silvia en *La Dolce Vita*, era IIsa Lund en *Casablanca,* era Satin en *Moulin Rouge*. La errante Jenny de *Forrest Gump*. La Jenny hippie, la Jenny puta, la Jenny enferma, la Jenny muerta. Fue un fin de semana entero en el que pasé creando un monstruo. Calcularía sin exagerar un total de quince películas, trescientas canciones y medio libro (*Opio en las nubes*) con los que hice de Alicia un Frankenstein vivo solo para mí. Por supuesto, tenía claro que ella no estaba conmigo. Como dije antes, no la vi rondando de allá para acá. Mi obsesión se reflejaba en cada persona, lugar o cosa lo suficientemente trivial como para fantasear en ella, con ella y para ella. Era como si estuviese vigilando mi más mínima cotidianidad y me prohibiese, (por una fidelidad eterna de algún acuerdo firmado en silencio) hasta la más insignificante paja que un desdichado púbero mereciese.

Los días siguientes fueron iguales a los meses venideros. Noveno fue un año relativamente fácil, un resumen de los años anteriores en todas las materias, a excepción de la detestable física que me dañó más de un día. No sé, lector, si ya le dije que no tengo idea de qué quiero hacer con mi vida pero que sí tengo claro que jamás cobraré un sueldo por calcular la velocidad final de un jodido objeto en movimiento parabólico, circular o en caída libre.

Adquirí por ese tiempo hábitos bastantes extraños. Recolecté, por ejemplo, los directorios telefónicos de todos los años del siglo para ojearlos de vez en cuando. No me pregunten por qué, no les sabría contestar. Puede tener algo que ver con Alicia, pues en ocasiones, cuando encontraba a sus cientos de tocayas en la sección de teléfonos residenciales, me entraba una nostalgia descomunal y arrancaba con cólera toda página que tuviese sus tres primeras letras; y me echaba a llorar, a reír y a llorar de nuevo. Pero, aunque la hermosa violadora de pelo escarlata tuvo influencia, no puedo decir que ella fue el *leit motiv* de esa nueva rutina. Sinceramente, la mayoría de las veces que leía los directorios, me distraía solo con pasar lento cada hoja desde el principio, teniendo la sensación de que nunca acabaría. La delgadez y suavidad de cada sensible página se hacían tan insignificantes, que el grosor del libro daba la impresión de una infinidad. No lo sé, sonará patético, pero supongo que es reconfortante pensar que hay algo sinfín, algo que no perece.

Retomé también ese pequeño juego interno que tenía de niño, de evitar pisar las rayas cuando iba caminando hacia algún lugar. El lector imaginará, con sana burla, algo parecido a Jack Nicholson en *As good as it gets,* mirando frenético al suelo y estudiando con compulsión las baldosas antes de cada paso. No me enfurecía ni mucho menos me atormentaba al tener que pisar una raya por culpa del tamaño de mis pies, pero sí sentía una especie de leve frustración. No sé si sabe de lo que le hablo, algo muy parecido a la conmoción que te da dejar caer la ficha del dominó que desploma, a su vez, la pequeña línea de dominós que habías armado.

Llegando a abril, mi desocupe y semilla existencial acabada de sembrar por *El túnel* de Sábato, me inspiró una angustia absurda por la muerte. Para colmo, dicho pensamiento cobró sentido, al mes, tras el inminente e inesperado infarto que le quitó la vida al único tío no bebedor, no fumador, no inestable, y no obeso, de mi ideal familia. Su lúgubre funeral estuvo acompañado de una fría orquesta, disfrazada en luto, que interpretaba algunos *Nocturnos* de Chopin. De las veintiuna piezas que compuso aquel polaco romántico, la segunda pudo apalearme el aliento, erguirme los vellos y martillar en mi cabeza una pregunta durante semanas: ¿Quién carajos sigue? Sabiendo ahora que la muerte no caza de acuerdo a un patrón predecible, a un orden por edad, rutina, salud o bondad, y que por el contrario arrebata al más inesperado mortal, ¿por quién de los presentes estaremos sentados aquí la próxima vez? El polvorizado de la urna no era relevante, lo existencialmente jodido era observar la horda de gente en verdadero luto, que hoy son, y saben que son, pero mañana (¿quién sabe?) no serán y no sabrán que alguna vez fueron.

Así pues, rompí la cotidianidad y quise escribir algo más o menos novedoso. De aquellos pensamientos y demonios, nació un personaje y una epístola que ojalá él pueda leer.

Querido yo en diez años...

Espero, primero, que no estés muerto. En caso de vivir, espero entonces que no estés pensando de manera obsesiva en la muerte como lo hago por estos días. Ojalá sí hayan sido diez años y no haya pasado menos o más tiempo. En caso de haberte tardado unos años más, estúpido olvidadizo, o de abrir el sobre antes de lo estimado, deja de leer imbécil. Destruye la carta y bofetéate la cara bien fuerte pues estas palabras acaban de perder el sentido místico que debían tener.

Te preguntarás, quizá, qué te movió a escribirte una carta hace diez años. No es algo que haga alguien promedio a sus dieciséis, lo sé, pero sabes muy bien que no soy un promedio. Además, debía desechar mis pensamientos en alguna parte para no deprimirme. Inicialmente — te confieso o te recuerdo— esta carta no era para ti. El psicólogo me recomendó, luego del accidente, que se la escribiese al tipo que nos atropelló que, por cierto, anhelo haya aparecido antes de la siguiente década.

Cuando evoco en pesadillas la vil arrollada, suelo despertarme siempre en la misma parte: luego de volar por los aires, de caer a ese andén incandescente de doce del día y de ver mi propia sangre huir como el cobarde de ese Ford gris, noto pasar delante, enfrente, detrás mío, unos diez feligreses de esa pequeña iglesia de al lado. Todos sumados en plegarias post misa y ninguno socorriendo al pobre chico en bicicleta que ruega ayuda a gritos. Como recordarás, en realidad perdiste la conciencia en el mismo vuelo, pero sí fue cerca de una capilla y las secuelas parecen indicar que tardaron bastante en auxiliarte.

Como sea, el psicólogo me pidió una carta para que lo perdonara y para que a la vez me perdonara. Que sin mostrársela a nadie la quemase, para así, como por ósmosis, matar el odio hacia quien nos condenó a esta maldita silla. Tras pensarlo mucho, me decidí por no escribirla y, como te habrás dado cuenta, redacté una para mí.

Es curioso pensarte caminando. Aunque los médicos hayan asegurado la perpetua pérdida de la movilidad de tus (mis, nuestros) pies, es inevitable dibujarte en un futuro donde la ciencia me permita volver a patear un balón y volver a bailar salsa con una chica. No te frustres por favor, ni quiebres en llanto si estás leyendo esto aún postrado en dos ruedas. Sigues siendo joven y puedes escribirte otra carta para dentro de otros diez años donde nuestras piernas tal vez tengan una mejor suerte (es un bonito número el 2033). De cualquier forma, si caminas, bien. Si no, supongo que ya te habrás acostumbrado.

Espero, querido yo, que seas feliz a tu manera. Que lleves a cabo mis sueños de hoy, y sueñes un par más para el yo de cuarenta años que vendrá. Espero te hayas decidido a estudiar lo que amas y lo ejerzas. Espero tengas que pagar una renta pues solo así podremos cantar independencia y espero puedas pagar ese alquiler sin problemas, con un salario digno, teniendo la libertad de hacer lo que te gusta, alejándote a millas de un cubículo del que muchos serán esclavos. Espero no seas virgen pero tampoco padre. Espero tengas pareja y espero no te hayas separado, si es que alguna vez te casaste. Espero que, a diferencia de mí, puedas creer en un Dios. Quizá haya un lugar para él, o mejor, un él para un lugar que hoy se ahoga en su propia apatía.

Espero aprendas a enamorarte hasta del más común atardecer pues no desgastarás así el valor de lo extraordinario.

VII

"Frankly, my dear, I don't give a damn."
Lo que el viento se llevó

Lo destacado, se podría decir, fueron las continuas fiestas de quince años a las que fui invitado durante, por lo menos, la mitad de los fines de semana del año. Para el que no esté en el contexto, los 15s es una reunión (de carácter formal casi siempre) que se le celebra a la mayoría de mujeres al cumplir los quince años con el simbolismo de "convertirse en una mujer" o de simplemente haber menstruado suficientes veces.

Estas fiestas, siguiendo un estricto protocolo, comienzan entre las 7:30 y las 8:00 de la noche, período en el que los asistentes (entiéndase en un ochenta por ciento como neas, en un quince por ciento como familia, en un cuatro por ciento como gente normal y en un uno por ciento como Raúl y yo) llegan al salón y lucen sus trajes alquilados, saludan de beso en la mejilla a desconocidos, se toman fotos, beben el coctel de la entrada, hasta que a eso de las nueve de la noche, el maestro de ceremonia, el DJ, el hermano, el primo o quien sea que esté dirigiendo la música, pone a sonar un vals para que la quinceañera, por más gorda, por más tiesa, antisocial, fea y *chewbacca* que sea, salga del camerino y baile el vals con su padre. Luego con el hermano, el primo y, en ocasiones, el novio.

El papá pronuncia un discurso que le tomó dos semanas enteras en escribir; una hoja y media llena de *"ya eres una mujer ...sabes que tu familia siempre estará allí... disfruta de este día con los tuyos... blablabla".* Menudo coctel de pajazos mentales que le catapulta el ego hasta a la tía más beata. El melodrama termina y la quinceañera asfixiada en maquillaje quiere una foto con su familia y amigos. Primero con la familia. Luego con las amigas. Por último, con los amigos. Una sonrisa, una mueca y un salto. Vuelven a las mesas a comer. Un plato que seguro les costó a los papás una millonada pero que se ignora por gran parte de la población. ¿Por qué? ¡Porque lo que quieren es alcohol! Mucho reguetón, mucho trago, mucho baile pseudo sexi, mucha mierda. Llega "la hora loca" (a eso de la una de la mañana), el reguetón es vencido por la electrónica y por el DJ, que de pronto se convierte en animador. Sueltan serpentinas, globos y cosas de neón. La familia, los amigos, la abuelita, todo el mundo pasa a la pista de baile, se mueven al son de "La macarena", "Mayonesa", "Bomba" y saltan sin sentido los *remixes* que estallan en éxtasis. Se acaba "la hora loca" y el pusilánime reguetón retoma el poder por el resto de la noche a petición de la mayoría de la población que sale de sus guaridas a esa tremenda danza sexual.

Las neas añoran el guaro, las grillas añoran a las neas, los borrachos tempraneros añoran a las grillas, y en ese estado, querido lector, sí que me incluyo, pues para nadie es un secreto que si te quieres comer a alguien desconocido en una fiesta de 15s debe ser una grilla.

Algunos autores las catalogarían como el femenino de las neas, pero aunque son de la misma especie, la raza tiene sus diferencias. Una grilla es una chica voluptuosa que quiere que la vean a toda costa ("saltonas"). Alzan cadera, aunque no tengan, para resaltar atributos. Usan *shorts* a veinte centímetros por encima de las rodillas, y una camisita a cinco centímetros por encima del ombligo (a excepción de tener exceso de barriga, lo que las obliga a tapar su abdomen, no sin antes, develar parte de sus hombros y espalda). Sus aficiones y personalidades dependen (y varían) de acuerdo a la demanda de la micro sociedad de la que son parte, a pesar de que muy pocas veces salen del mismo triángulo: reguetón-alcohol-neas. Ellas no son invitadas, ellas invitan para que se les pague. Barbies de mal gusto y vírgenes de milagro. No les puede faltar un celular con chat y cámara integrada pues es su único boleto a la aceptación. Si estudias bien las fotos de una chica de esta calaña, encontrarás un patrón en común. La foto, casi siempre tomada desde abajo, debe ser, primero, de cuerpo entero. Con la punta de los pies juntas al igual que las rodillas para lograr sacar culo y tetas, aparentando cirugía. Con el rostro siempre viendo a la cámara (en ocasiones lanzando besos) y la cabeza sostenida por la mano derecha. Sin olvidar por supuesto el brazo izquierdo relajado para que se vea casual, genuino y natural.

Ya habían pasado muchas fiestas en las que me negué a hablarle a una chica solo por guardar la ilusión de reencontrar a Alicia algún día, pero cuando logré superarla al fin, el clavo que sacó al clavo argentino no pudo ser más facilista que una grilla en reintegración a la sociedad.

Fue en los 15s de Kelly, una conocida de Raúl que nos invitó solo por llenar el salón de gente. Al llegar, el ambiente había sido monopolizado por quienes sabemos. Daddy Yankee ya tenía a la mayoría de mujeres moviendo el glúteo y a los hombres domesticándolas. A eso de las nueve la vi bailando. Era Daniela. No la había visto desde hacía cinco años, era una amiga de la infancia. (Infancia entiéndase como lo que se alcanza a recordar de la pre adolescencia para abajo). A ella la conocía desde los siete pues vivimos en la misma unidad y llegamos a tener los mismos amigos en ese periodo donde a ti como hombre te comenzaban a interesar las chicas y les entendías el sentido de su existencia y de lo que las hace mujeres. Desafortunadamente, son los hombres quienes maduran inicialmente en ese aspecto de fijarse en el sexo contrario, pues las mujeres llegan primero a saber qué es raíz cuadrada antes de conocer los términos erección o amor. Qué desequilibrio biológico. Así es, Daniela fue mi primera desilusión. No una decepción fatal y profunda, pero sí algo que no merecía un niño de once años que aun coleccionaba cartas de *Yu Gi Oh*.

Hoy día (y esto me espanta) sé que es bastante fácil encontrar a alguien que no pase de los trece años, penando a grito herido por una decepción amorosa. Tengo una primita de once años que llora porque el novio le terminó luego de catorce meses, ¡catorce meses! Es decir, mi relación más larga a esa edad fue con un muñeco Max-Steel que acabó decapitado a los tres meses. Mierda, hay niñas que pude haber visto nacer y quizá hasta les haya enseñado a hablar, que han sufrido por un pendejo más que yo, en casi dieciocho años de vida. Pero bueno, eso no entra en contexto en este momento. Recordé antes de sacarla a bailar, que se negó a darme un beso cuando le tocó hacerlo mientras jugábamos clandestinamente "la verdad o se atreve" en el parqueadero de la unidad. La botella, que fue puesta a rodar por ella misma, la condenó a la pregunta: «¿La verdad o se atreve?», que le daba la posibilidad de responder una pregunta cualquiera con absoluta verdad, o de arriesgarse a hacer un reto. Ella dijo: «Me atrevo», a lo que Carlos (el chico más precoz del barrio y el que nos enseñó ese juego) le dijo: «Dele un beso a Fulano en la boca». Ante el tremendo reto que me incluía, neutralicé de inmediato mi rostro como para hacerme el indiferente, aunque la deseaba por dentro con tiernas ansias de infante jamás besado. Dani (como la llamaba) parecía resignada a hacerlo; pero tras pensarlo mucho, se espantó, se negó y hasta aceptó ser expulsada del juego solo por no tener que darme un jodido beso. Mi autoestima, que apenas se desarrollaba, fue destrozada junto con mi vergüenza pues le continué insistiendo sin escrúpulos que fuese mi novia, hasta que se cambió de casa y no nos volvimos a ver. El impacto al verla de nuevo no fue por los años, sino tal vez por la metamorfosis tan imprevista, de niña tímida a mujer reconocida en la sociedad por su esbelto cuerpo.

Me acerqué un poco más y traté de indagar quién era. La muy descarada aprovechó la informalidad de la fiesta para venirse en zapatos Crocs y vestir una sudadera de Adidas. Parecía ser la preferida de las neas en la pista. Una canción con más de un hombre… eso es bastante. Se preguntará el lector curioso cómo supe que Dani no era una grilla, sino una grilla en proceso de reivindicación. O más aun, se preguntará: ¿Qué diferencia tiene la una de la otra? ¿Cuál fue la excusa de nuestro protagonista para comerse la insipiencia? Por sobre todo el hecho de que una grilla pura sangre, nunca, jamás, bailaría salsa. Tuve la fortuna de que los gustos musicales de la quinceañera eran más variados, y en un momento de la fiesta, canciones de Gilberto Santa Rosa y Juan Luis Guerra obligaron a las neas a volver a sus asientos.

Yo habría apostado la fortuna que no tengo a que Daniela se iba a sentar de inmediato a descansar y a esperar una canción de reguetón que, a mi parecer, era lo único que bailaba. ¡Oh sorpresa! al verla dispuesta a bailar salsa cual caleña con pasos tan genuinos que se le veían bien con sus Crocs. Hecho que de golpe me dio a deducir una supuesta ambición de la voluptuosa dama, de salirse de una vez por todas de su limitada tribu urbana y trascender lo banal. Había solo tres niñas más en la pista, bailando con tres tipos ya mayores (primos universitarios quizá). Ella, que buscaba pareja con la mirada, se sincronizó conmigo y me sacó a bailar a la fuerza.

Soy una güeva en el arte de cualquier danza, pero en lo que concierne a la salsa, me sé defender con un movimiento mecánico que imita al original. Los cuatro brazos se cogen, cada uno con el contrario de la otra persona (derecho-izquierdo, izquierdo-derecho), y se mueven de adelante hacia atrás al son de los hombros. Los pies siguen una misma coreografía cíclica, sin importar el ritmo de la canción. Mientras el izquierdo se apoya con todo el peso del cuerpo, el derecho da un breve paso hacia atrás y roza con la punta de los dedos el suelo, vuelve a donde está el izquierdo y esta vez apoya todo el peso mientras que el otro imita el movimiento anterior del derecho. Da un paso atrás y roza el suelo con la punta de los pies. Mismo ciclo durante toda la canción.

—¿Fulano? —Me reconoció de una.

—¡Daniela! —Fingí sorpresa y comenzamos a bailar—. ¿Hace cuánto no nos veíamos? ¿Cinco, seis años?

—Sííí. —Recordó su infancia de un solo *shock* sin descuidar por un segundo el impecable baile. Pude saborear aquella desilusión primípara de la que les hable hace un momento. Seguramente ella también la recordó. Quizá por eso no indagó en el tema—. ¿Y de dónde conoces a Kelly? —Me hizo dar una vuelta.

—Es la amiga de un amigo… de Raúl, ¿te acuerdas de él? —Se lo señalé con pena ajena. Estaba al frente, enseñándole a bailar salsa a Sofía. Más borrachos no podían estar los dos.

—Creo que sé quién es —lo dijo tratando de no hacer visible la bochornosa situación de Raúl. No era sin razón que lo estuviese haciendo, no lo culpé la verdad. Sus notas estaban pésimas con respecto a la inverosímil excelencia que sus padres le suelen exigir y quiso naturalmente calmar la presión con vodka. Siguiendo, por supuesto, al pie de la letra una de las desbordantes frases de sabiduría aún vigentes de nuestro clan: *No es por ser técnico, pero de acuerdo a la química, el alcohol es una solución*.

—Oye, pero bailas muy bien —interrumpió Daniela luego de que le hice dar una vuelta.

—Naah, tampoco —negué con vanidosa humildad, tratando de no dejar hundir la conversación a la vez que coordinaba el paso mecánico que se supone no debía de verse tan robótico. Al parecer lo estaba haciendo creíble, pero todos sabemos que una mujer solo admira el baile de alguien cuando, o es el mismísimo Michael Jackson o es tan perversa que lo dice con ánimo de psicología inversa, de sarcasmo subliminal, para que el fracasado bailarín se dé cuenta por sí solo del inexistente talento, y se abstenga de intentarlo el resto de la fiesta, el resto de su adolescencia y el resto de su vida. De cualquier forma, yo era inmune a lo que especularan de mi manera de bailar, no es mi fuerte al fin y al cabo. Hasta donde sé, no tengo un fuerte más que ser atractivo para mujeres con alcohol en la sangre.

Pasamos de la pista a la mesa y pedimos dos de esos cocteles con sabor frutal e irónicamente de efecto atroz. Qué interesante es ver desplomar a alguien de a pocos mientras se sigue consciente. Cuando a Dani empezó a dificultársele pronunciar correctamente la *erre*, la llevé a un sofá donde pudiese reposar y nos tomamos juntos un *shot* de esos con llamada (les aseguro que eso tumba a una vaca). Me contó que estaba empezando a leer libros de Edgar Allan Poe y a escuchar música en inglés. Había discutido hace poco con sus colegas grillas por "diferencias ideológicas", según me dijo ebria.

—Estoy cansada de tener que arreglarme, de tener que comportarme como todas dicen solo para que un *man* elija el culo más favorable, el culo que quiere perrearse, como si fuese mi proxeneta.

Le admiré semejante lucidez, le dije cosas de cajón que suenan bonito. Que lo importante es lo de adentro, que tiene que buscar a quien la aprecie bla bla bla… hasta que ¡Bang! Le robé casi por asalto y sin decencia alguna un beso en esos labios marchitos por el alcohol.

—Fulano, tú de chiquita me gustabas mucho. ¿Te acuerdas esa vez que jugamos "la verdad o se atreve" y no quise besarte? Fue porque Carlos me intimidó mucho, yo quería.

Las palabras salían de su boca sin vómito de puro milagro. Tuvo que haber sido tal mi deseo, mi desesperación, que la seguí besando vuelta nada y casi desmayada. Qué asco. *De acuerdo a la química, el alcohol es una solución*.

Nos consumíamos en el lugar más apartado del salón, y el más oscuro. La azorada ex-grilla abría la boca con demencia y parecía estar convencida de que chupaba un bombón dentro de mi garganta. Sin quejarse, me dejó meterle la mano a la blusa, agarrarle los senos, verlos y besárselos, lamérselos. Cielos, había palpado solo dos tetas en mi vida, (las de Alicia y, si cuentan, las del gordo de Raúl) y tengo que admitir que las de Daniela superaron en tamaño y en gramos a las de Alicia, aunque la escarlata le llevara años de ventaja. Pezón de radio perfecto y ninguna pista de cirugía. El derecho en tenuidad más bronceado que el izquierdo.

Estoy seguro de que nadie nos vio a excepción, quizá, de "la niña twingo", quien anduvo adentro y fuera del baño cercano a nosotros para vomitar. Le decían así por tener los ojos más separado de lo normal por un síndrome dizque de Rubinstein. Éramos bastante crueles con los apodos, pero esa analogía de los ojos, con los faroles separados de ese auto, es naturalmente genial. Si alguien fue víctima mía de la propaganda psicológica del *bullying,* fue esa pobre retardada. Sobre todo, por su extraño complejo de ultra autoestima que le combinaba de manera absurda con su condición jodible. Complejo sembrado a ciencia cierta por una madre lectora empedernida de libros de superación de Walter Riso, Paulo Coelho y otros autores que no pasan de *"la felicidad está en ti mismo... eres el escritor de tu destino... blabla... si te sientes linda por dentro lo estás por fuera... compra mi libro y luego te puedes matar, miserable suicida, blablabla".* Antes de que *"la niña twingo"* perdiera el año por segunda vez, ambos cursamos sexto de bachillerato en el mismo salón. Entre lo que más evoco —con una risa imparable y prohibida— son sus cuadernos, protagonizados por nada más y nada menos que ella misma. Aunque había un empastado de cuerpo entero, vestido rosado y pose "de realeza", mi favorito era, y será siempre, ese en el que su sonriente rostro moreno, mirando fijo a las baratas luces de *set* indigente (pensativa, filosófica y casual, alucinarán ella y su mamá), humillaba al más fino cuaderno de pasta dura con carros lujosos, semidesnudas modelos o superhéroes, que se pudiese conseguir. Todo un personaje. Respetada y valorada por la misma sociedad que a la vez le apuñala el lomo con una catana de burla y machetazos de rechazo. Bendita tú, la hipocresía, qué sería de la autoestima sin ti.

Como sea, si la retrasada niña no era capaz de procesar un exhibicionismo público estando ebria, jamás podría recordarlo sobria para convertirlo en chisme. Cuando estuve a poco de meter mi mano dentro de sus bragas, cual violador serial, pues Daniela estaba ya entredormida, su imprudente celular sonó bien fuerte y la despertó. La venía a recoger el papá. Estaba parqueado afuera esperándola. Acomodó rápido su blusa, nos paramos y atravesamos mareados, en un patético zigzag, el corredor manchado de neón. A pesar de que no fue la compañía más agradable, el hecho de que su pasado grilla fuese aún tan notable —sobre todo el adjetivo "fácil" que conservaba al cien por ciento— un gesto final cambió por completo mi concepto de ella.

La noche estaba muy lluviosa, si bien recuerdo, y como atesoro mi filantropía hasta borracho, la acompañé, como todo un caballero que soy, a la puerta del carro de su papá. La muy astuta disimuló a la perfección su jodido estado y, a los ojos del celoso padre, se despidió de mí con el mejor, el único y más sublime beso de la noche; y para rematarla, bajo la lluvia (similar al de *The Notebook* para el lector romántico). Acarició mi pelo mojado y dijo que le prometiera que seguiríamos en contacto. Por primera vez, en todos los años de mi infancia y las contadas horas de mi adolescencia con ella, aprecié, gracias al frío de la lluvia y a la radiante farola del Mercedes gris apuntando a nuestro abrazo, sus pómulos delicados y sus ojos verdes. Subió al auto, saludó al padre que no abandonaba su virulenta mirada hacia mí, y se fue. Ese gesto, solo ese gesto, me abstuvo de dejarla ir como una aventura más de fiesta de 15, como lo que de hecho tenía intenciones de hacer, y, por el contrario, puso a maquinar mi cabeza y a dibujarla en una factible correspondencia.

No obstante, la desvergonzada no aplazó ni doce horas la movida de mandarme a "la zona del amigo" de manera fulminante, batiendo por días enteros el tiempo en el que alguien antes de ella me desterró a la mierda. Ese domingo de resaca quería limitarme a exorcizar el fastidioso dolor de cabeza, pensando en el triunfo de la noche anterior y en una cantidad incontable de citas que, se supone, iba a tener tras abrirle de nuevo mi corazón plastificado a alguien. Busqué Daniela Cano en Facebook pero no encontré a mi potencial *affaire*. Busqué de nuevo, esta vez con Dani y la encontré de una. (Les hablaré luego de mis anécdotas con el protervo Facebook). Eran las once del día, a esa hora le mandé la solicitud de amistad. Hora y media después aceptó la solicitud. Husmeé un par de fotos. No la recordaba así de linda. A los quince minutos, justo antes de que yo tomase la iniciativa, me envió este mensaje:

"Fuli... me alegra que nos hayamos vuelto a ver. De verdad que te extrañaba mucho. Por cosas como estas creo en el destino. ¿Quién diría que te iba a encontrar en la fiesta de mi mejor amiga? ¿A mi mejor amigo de la infancia? ...pues me puse súper feliz cuando te vi ahí como una güeva esperando que te sacara alguien a bailar. La pasé genial, pero mira... Fulano, no sé si recuerdas a la Daniela de la unidad o a la que ayer conociste, pero quiero que sepas que ninguna de ellas soy yo. Ayer, tengo que admitir, me pasé y te di una impresión que no es para nada mía. Demás que por haber peleado con López me embutí esos shots y pues pasó lo que pasó. Estas muy lindo Fulano, no fue por completo mi culpa... jajaja. No sé si te dije, pero llevo con mi novio ya siete meses y lo amo dema. Ya lo perdoné por haberme tratado como una imbécil y le conté lo que pasó contigo... me perdonó... ahora te quiero, no sé si pedir perdón, pero al menos aclarar un poco las cosas para que no pienses que esa pea de ayer, que no debió pasar, pueda convertirse en algo más y te ruego no le cuentes a nadie. Fue el peor error que pude haber hecho y me siento muy mal. Pero pues, me sentiría muchísimo peor si no te hubiese dicho nada y no hubiésemos hablado así sea en chat (¡nadie me dio tu teléfono!). Además, estoy segura que podemos rescatar algo de esto. ¿Qué tal si lo superamos, seguimos en contacto y seguimos siendo los grandes amigos de antes? Piénsalo, lindo.

PSD: Jajaja disculpa si me inspiré mucho, pero es que te quiero mucho. muaak<3".

¿Seguir en contacto? ¿Los grandes amigos de antes? ¿Creen ustedes que yo tuve cojones para decirle: «¡Púdrase!», y ridiculizarle su embustero, cobarde, infantil e iletrado mensaje que parecía haber sido escrito por "la niña twingo" dopada en ritalina? ¡No! por el contrario, le hice creer que yo pensaba exactamente lo mismo. Que desde que ella se sintiera feliz a mí me bastaba. Que yo respetaba mucho eso de las relaciones. *"Tranquila Dani, claro que podemos seguir siendo amigos =). También te quiero mucho <3".*

Pura paja. Continué (esta vez ahogado de putería) mi trabajo investigativo. Ese tal Lopez resultó ser un respetado patrón en el universo nea. El alfa. "El Lopez" (sin tilde) lo llamaban en las redes. Tres quintas partes de las fotos de Daniela eran con él. En el estadio o en X bar. Pegado de una Narguile o de un Marlboro. De camisa, polo con cuello y estampado de jinete grande.

Sudadera camuflada y manos ocupadas: una en el culo de ella; otra, sosteniendo una botella. Calvo, con bozo de Cantinflas y sonrisa de Jack Torrance. Maleante de maleantes, nea entre neas. Ídolos reguetoneros y amigos de un combo gigantesco de gente uniformada como él.

Por otro lado, su novia Daniela resultó tener más aventuras que un Pokemon. Adentrándome más en sus fotos, encontré que antes de Cantinflas, una buena cantidad de tipos ya la habían ligado. Al parecer, la grilla en reintegración venía escalando desde hacía años, noviecitos pertenecientes a la hegemonía nea. Desde el pequeño pelmazo iniciado que viste de bandolero porque se ve *cool*, pasando por el *drug dealer*, por el que viste de seda y maneja camioneta, luego por el negro, siempre segundo al mando, hasta llegar por fin a la punta de la pirámide, al *boss*, a Lopez.

Pasado el almuerzo (asquerosa lasaña chamuscada, hecha de mala gana por el papá que le tocó ser mamá), la putería, que era un dolor de cabeza, abarcó mi estómago para mutar en ira nauseabunda. Cuestioné lo incuestionable. Maldije lo intocable. Formulé, entre tantas teorías sobre mi miseria, la que hoy ha logrado encasillarse como un absoluto hecho: soy irresistible para mis amigas ebrias, pero no paso de ser un reciclable amigo para ellas sobrias. A la semana recibí de parte de la mismísima realeza este ultimátum redactado con tanta pulcritud:

"Vea pirobo. Porque le jure a mi novia, pero si fuera por mí ya le hubiera rompido la cara gran malparido. Solo sepa que si la vuelve a hablar, la vuelve a mirar o a pensar, lo mato gonorrea, lo mato".

Copié de manera literal la amenaza a muerte, que evidenció de inmediato haber sido dictada por Lopez al único parvo letrado de su clan. Díganme cobarde pero no respondí nada. Ratifiqué, más bien, mi idea de cortar por completo relaciones con Daniela y me juré a mí mismo, jamás volver a derrocharle energía sentimental a una grilla, a una exgrilla, a una pregrilla o incluso a una casigrilla. Ni tampoco incumbirme con cualquier persona que tuviese, a mínimo de dos conocidos de mí, a una nea de compinche.

VIII

*"Es curioso que los colores del mundo real solo parecen verdaderos
cuando los videamos en la pantalla".*
La naranja mecánica

A lo largo de la historia, pocos han sido los que vencen a La Amistad y se consagran como absolutos ganadores del corazón de quien fue una vez su amiga. Este mundo prefiere perdedores tristes y creativos a parejas felices e inservibles. La narcisista selección natural haciendo de la gran mayoría de seres incompatibles entre sí genéticamente compatibles desde tiempos inmemorables. Para y solo para que esta raza de simios sobreestimados se supere a sí misma. Sea independiente y deje de ver al amor como algo más que una excusa orgánica para el sexo, y consigo, para evadir la extinción. Como algo distinto a embutirse cinco Snickers o a fumarse un cachito. ¡Brillante! ¡Macabro!

Me conforma no ser el único. Hay desgarradores relatos de varios personajes que han vivido esta crueldad sin sobrevivirla. Relatos que, para cualquier alcohólico anónimo, drogadicto anónimo, cleptómano anónimo, fumador anónimo, (en este caso: mejor amigo anónimo) son vitales y de gran ayuda para superar ese sanguinario castigo amistoso, sabiendo que allí afuera, hay alguien sufriendo lo mismo. Alguien quizá cubriendo las mentiras de su amiga frente a sus padres, sobre «un trabajo de historia súper importante en casa de Fulano». Para ella, tranquila, poder copular en completa clandestinidad con su novio.

Queridísimos y desocupados lectores: Si mi relato y yo somos el miserable ejemplo que les alza el ego, los identifica y hasta sana por instantes sus heridas, permítaseme presentarles mi desahogo, mi saludable justificación para no recurrir al suicidio por la maldita *friend zone*.

(¡Qué digo *friend zone!*, en vez de "la zona del amigo" debería llamarse "el hoyo del amigo", la *friendhole*. Un socavón oscuro donde caen trastos de amor. Un amor que en la superficie es puro, romántico, pasional, sin prudencia ni tiempo, pero que a medida que desciende a esa penumbra profunda, va convirtiéndose en filial, pasando a fraternal, y finalmente llega en forma de un simple, forzoso e inútil "amor al prójimo". Mientras tanto, quien recibe esas migajas, mira a la superficie con obsesiva limerencia. ¡Tan insatisfecho para sollozar como tan satisfecho para continuar esperando!).

De cualquier forma, ya he sido manifestante de atroces exilios al hoyo del amigo. Tanto en carne propia como también siendo, cual morboso público romano viendo un festín de gladiadores mutilándose, el incómodo espectador del destierro de algún camarada.

Es sano, entonces, hacer catarsis con friendholeadas célebres. En su mayoría, son situaciones audiovisuales, pero —si no me equivoco— debieron de haberse inspirado en crueles acontecimientos de la realidad, lo que es un grandísimo alivio. Aquí esta pues, la razón de mi supervivencia, el Valium de mis delirios, el *ranking* de los Mejores Amigos:

#6

De Los Simpsons: Milhouse.

Me atrevo a comentar que es el chico más rechazado de todo Springfield. Este desventurado peli-azul ha estado tras Lisa por ya más de veinticinco temporadas. Aun así, insiste (e insistirá por el resto de su amarilla vida) en tener algo con ella. Lisa, quien siempre le ha dejado las cosas claras, ni siquiera lo considera un íntimo amigo. El único que lo ha valorado, ha sido Bart; y no como amigo sino como un Igor fiel, acólito de todas sus travesuras. Con padres separados y una autoestima por el suelo, este inútil bastardo está condenado al *friendhole* por el resto de su existencia.

#5

De Rosario Tijeras: Antonio.

Sin irnos muy lejos, encontramos un trío amoroso prisionero de la violencia. Antonio y Emilio, mejores amigos de familias pudientes. Rosario, de un barrio marginal, a quien no le importaba ser sicaria o prostituta siempre y cuando hubiera dinero de por medio.

Emilio y Rosario se enamoran, llevan una vida de excesos, mientras que Antonio se siente completamente impotente de declarársele a Rosario por la lealtad a su mejor amigo. Antonio se convierte en el confidente de esta peligrosa mujer. En su amigo y hasta en su polvo del momento. Cuando Emilio tenía sexo con ella, Antonio la escuchaba; cuando Emilio tenía sexo con ella, Antonio la ayudaba; cuando Emilio tenía sexo con ella, Antonio la amaba. No pudo acertar más el jodido destino, en llevarse la vida de Rosario por medio de una agonizante pérdida de sangre con la única compañía del mismísimo Antonio, quien la sostuvo en sus brazos hasta su muerte.

#4

De Heidi: Pedro.

Heidi, la niña de la montaña, tuvo una amistad aparte de la de su abuelo. Pedro, un chico, también del campo, estuvo perdidamente enamorado de ella durante toda la historia. Ella nunca abrió los ojos, se limitaba a preguntarle a su abuelo majaderías y buscaba a su vecino solo en breves situaciones. Salidas a pastorear las ovejas que, seguro, le habrán dolido en el alma a Pedro porque, de hecho, si se pastoreaban las ovejas y no como él pensaría, exploraría con su querida Heidi, el goce fecundo de la pre adolescencia (pre pre adolescencia, para ser más concretos).

Ahora, hay dos hipótesis acerca de las razones por las que Heidi nunca tuvo algo con su amigo, me temo que la segunda es la más factible, pero no me atrevería a lanzar conclusiones. La primera es que quizá Heidi jamás se preguntó por el amor y fue dibujada de manera que se preocupase solo por cuidar a su abuelo hasta que él se muriera. Y la segunda (no se sorprendan, pues es muy obvio) es que detrás de ese abuelo-leñador-sabio, hay un pedófilo afortunado de vivir en las montañas suizas con su nieta. Ella, corrompida desde el primer capítulo, ve en el anciano, el único hombre de su vida.

#3

De Friends: Ross

A pesar de que en esta serie de una módica década de duración, todos hayan tirado con todas, todas con todos, y por capricho de los guionistas, todos hayan vuelto a ser los felices "Amigos" del título como si nada (a excepción de Mónica y Chandler, que se casaron), hubo un infeliz personaje pensado con más realidad que los demás.

Ross, un paleontólogo torpe y socialmente incómodo, es el mejor amigo de Rachel Green. Desde la secundaria Ross estaba enamorado de Rachel —por ese entonces mejor amiga de su hermana Mónica— pero no se atrevió a contárselo. Al final de la primera temporada, el pobre, desilusionado es convencido de olvidarla y parte en un viaje de negocios; la indecisa Rachel se da cuenta de sus sentimientos hacia Ross pero cuando se propone a decirle, él consigue novia.

Este jueguito continúa por diez temporadas, por diez años. Ross se casa tres veces y se separa tres veces. La primera porque su esposa (Carol) resultó ser lesbiana; la segunda vez porque en el matrimonio pronunció el nombre de Rachel en vez del de su prometida; la tercera vez, él y Rachel se casaron ebrios en Las Vegas y naturalmente anularon el compromiso.

La tortura duró hasta el último capítulo, cuando en definitiva Ross busca a Rachel en el aeropuerto antes de viajar a Paris; inaugurando el cliché romántico más cliché de los clichés. No nos digamos mentiras, a nadie lo dejan pasar a la sala de espera y mucho menos llegar al avión solo para expresar sus sentimientos. Por fortuna de la lógica y de la seguridad portuaria, Ross no pudo pasar de la zona de embarque. Por el contrario, Rachel bajó del avión, lo buscó, se juran amor tras un surrealista *"I do love you"*, vivieron felices, comieron perdices. Optimista, aunque improbable final para un suplicio amistoso de diez temporadas. Espero los guionistas, o el hombre de quien se inspiraron para hacer al personaje, hayan corrido la misma suerte.

#2

De Harry Potter: Severus Snape

Quien pasó casi toda la saga siendo un desalmado villano, terminó siendo un santo mártir. Desde *La piedra filosofal* se sospechó, tanto entre los alumnos de Hogwarts como entre los muggles fans, que Severus Snape, el profesor de pociones, era el vil infiltrado de Lord Voldemort.

Aunque en las primeras tres entregas fue visto por Harry, Ron y Hermione con cierta desconfianza, siempre pudo limpiar su nombre y mostrar sus verdaderas intenciones a pesar de que revelara su antigua rivalidad con James, el fallecido padre de Harry. En *El cáliz de fuego* y en *La orden del Fénix* las sospechas se confirman y —para los lectores y espectadores— Snape se convierte no solo en un lúgubre, amargado profesor que le tiene bronca a Harry, sino también en el espía de Voldemort al servicio de la orden.

Al final de *El misterio del príncipe* Potter (y el resto) se dan cuenta de la tremenda traición del ahora profesor de defensa contra las artes oscuras. Dumbledore, rector del colegio, fiel mentor de Harry, es asesinado a manos de Severus en la torre de Hogwarts junto con Bellatrix y Draco Malfoy, sus cómplices. Tras dar a conocer su oscura identidad, tras ratificarle a todo mago, a todo semimago, a todo público muggle, su asociación con "quien no debe ser nombrado", Severus Snape huye.

Fue hasta la segunda parte de *Las reliquias de la muerte* cuando su lealtad da un giro inesperado. Voldemort, con ánimo de que le funcione la barita de sauco que pertenecía a Albus Dumbledore, le da órdenes a su serpiente, Nagini, para atacar a Severus, pensando que la barita es retribuida a quien asesinó a su anterior dueño. Harry, quien presenció todo, fue a ver agonizar a Snape. Él, le pidió al joven mago que tomase sus recuerdos y le rogó que lo mirase a los ojos antes de morir. «Tienes los ojos de tu madre», fueron sus últimas palabras.

¡Santa mierda! Oh jodida sorpresa. Antes de que el mago de anteojos naciera, Snape era el mejor amigo de Lily Potter. La única amiga que el desdichado Severus tuvo durante aquella infancia marcada por el *bullying* de sus compañeros. A pesar de los intentos poco modernos por parte del pálido niño de enamorar a su pelirroja amiga, regalándole flores y sentándose junto con ella a ver formas en las nubes, el sombrero seleccionador, que en Hogwarts le asigna la casa perteneciente a cada alumno el primer día, los separó. A Lily le tocó Gryffindor mientras que a Severus le tocó Slytherin. Allí, en Gryffindor, Lily conocería a James, quien se convertiría en el padre de Harry.

Tal cual confesó durante la saga, el orgullo, la arrogancia de James Potter, enemistaron a Snape con el padre del protagonista, junto con el factor Lily. Ese cariño frustrado, no correspondido, no bastó nunca para que él dejase de rendirle amor, así fuese en el silencio, en la agonizante afonía de la amistad.

Como sabemos, Lord Voldemort asesinó a los padres de Harry. Y aun así, tras lamentar a lágrimas su muerte, ese amor por Lily jamás mermó. Por el contrario, sacrificó su futuro y arriesgó su vida solo para proteger el único trozo de ella vivo, el niño (Harry Potter). En él la vio. Solo por esos ojos heredados de ella, solo por proteger aquel linaje donde alguna vez residió ella, Severus se infiltró en los mortífagos (los secuaces de Voldemort) para ayudar a Harry durante su misión.

Cabe resaltar que una de esas pruebas de infinita fidelidad puede reflejarse en el *patronus* de Snape. El *patronus* es un encantamiento utilizado por los magos para repeler dementores mediante la pronunciación en latín *Expecto Patronum* (traduce "esperar protector"). Este guardián se materializa durante el hechizo en forma de un animal. Lo interesante es que, con el fin de darle la fuerza requerida al *patronus*, debe llamarse al ente mientras se recuerda un acontecimiento, momento o persona que genere felicidad. La cierva es el animal del *patronus* de Snape. En representación, por supuesto, de Lily Potter.

#1

De Forrest Gump: Forrest Gump

En el puesto número uno se encuentra, por mucho, la víctima de "el hoyo del amigo" más memorable. Jamás, en toda la historia del cine, o mejor, en toda la historia de la historia misma, cuando el primer cavernícola en haber sido friendzoneado se pegase en una roca hasta morir, jamás, a un hombre tan célebre (retrasado mental, para empeorar las cosas) se le ha hecho la barbaridad que Jenny le hizo al pobre Forrest Gump.

Con un coeficiente intelectual menor de 75, este "provinciano" de Alabama hizo mucho más en su vida de lo que nosotros nunca haremos con las nuestras. Y lo pongo entre comillas pues ya quisiera ser un provinciano colombiano de estos tiempos, un "provinciano" gringo de los sesentas.

No solo fue a la guerra de Vietnam y llegó ileso (a excepción de pescar una bala en el culo); no solo fue un campeón mundial en *ping-pong* y el mejor corredor de fútbol americano de todo el estado; no solo conoció a tres presidentes, a Elvis Presley y a John Lennon; no solo creó una multinacional de camarones. Semejante autista recorrió todo Estados Unidos "sin ninguna razón en particular". Y no una, sino varias veces en un lapso de tres años, dos meses, catorce días y dieciséis horas. Trotando cual él mismo. Porque de allí en adelante cualquier comparación en el planeta debe hacerse a nombre de él.

Fue el mejor hijo que una madre pudiese tener y fue el mejor amigo que cualquier *hippie* cantante puta sidosa malagradecida pudiese tener. Jenny fue justamente esa *hippie* cantante puta sidosa malagradecida. Desde que Forrest subió al autobús escolar para ir por primera vez a la escuela y vio a esa belleza rubia, su pobre corazoncito rezagado, pero perdurablemente fiel, no se despegó nunca de ella. En efecto, se convirtieron en los mejores amigos. *Peas and carrots.* Con el tiempo, ambos fueron distanciándose por distintos asuntos. Forrest fue a la guerra mientras Jenny, junto con su movimiento *hippie*, condenaba la guerra. Forrest jugaba *ping-pong*, Jenny se jugaba la vida de prostituta. Forrest conocía a John Lennon, Jenny navegaba, gracias a la cocaína, en un submarino amarillo. Transparencia e ingenuidad, sombras y autodestrucción.

Pero ahora, ¿desde qué momento y hasta cuando fue Forrest exiliado de la cama de Jenny?

Sin duda Jenny vio a Gump como un útil perro faldero desde el mismo instante en que él se sentó a su lado en el transporte escolar. «Estúpido es el que hace estupideces», defendió Forrest su intelecto con esa frase de su madre que quizá jamás entendería por completo. A partir de allí Forrest firmó para siempre su estadía en la *friendhole*. Ella necesitaba escapes parciales de su casa, donde habitaba un desgraciado padre violador, necesitaba un compañero, quien la escuchase así no entendiera la mitad, quien le diera la mano en la cima de un árbol testigo de un anaranjado atardecer. Todo eso lo tuvo en Forrest. Fue él un secuaz de esas clandestinas huidas, un compañero leal sobre todas las cosas. Un oyente, seguro a medias; pero bastaba con lo poco que podía entender para reconfortarla por completo. Y por supuesto fue la mano que sostuvo la de ella en la cima de ese árbol que observaba el ocaso. En efecto, (y me atrevería a decir) fue esa mano posada con tal osadía en el muslo mugroso de Forrest, la que le hizo por primera vez desear a Jenny.

Esa estadía sin *check-out* tendría por supuesto ciertas excepciones. Ciertos permisos que, aunque significativos en su vida, no pasaron de ser traducciones físicas de la maldita lástima que sentía su amiga hacia él, pagos menudeados por su inseparable bondad.

Ya mayores, Forrest (siendo ya Tom Hanks) luego de "salvar" a Jenny (siendo ya Robin Wright) de ser lastimada por su novio, cuando en realidad era una pasional besuqueada que él no intuía, se le permitió pasar la noche en la habitación de la universidad donde ella se quedaba con otra *roommate*. Estando sentados en la cama, mojados por la lluvia, Jenny, en una especie de gesto de compasión, le mostró sus senos a Forrest; quien, boquiabierto, los miró sin pestañear como si fuesen alienígenas. Eyaculó avergonzado sin tener la completa idea de lo que sucedía. Primer reembolso por la lástima.

Después de la guerra, después del *ping-pong*, después de pescar camarones con un barco llamado precisamente Jenny, ella lo volvió a buscar en su casa de Greenbow. Él, sin la humana sensación agridulce de sentirse utilizado como opción *Z*, la recibió dichoso. Al tiempo Forrest le propuso matrimonio.

—Tú no quieres casarte conmigo —dijo Jenny penitente.

—¿Por qué no me amas Jenny?

Su guardada tragada de casi tres décadas la liberó con esa pregunta del millón. No quería que la respondiera pues si lo hacía, o mentiría, o le diría la aguda verdad que ni él quería oír y ni ella quería decir. Por eso remató con una última frase y se fue.

—Puede que no sea muy listo, pero sé lo que es el amor.

Tas Tas. Bofetada incorpórea.

Ahí quedó todo hasta bien entrada la noche, cuando la descarada entró al cuarto del desilusionado Forrest, se le tiró encima, le dijo que lo quería y le quitó la virginidad. Segundo reembolso por lastima.

A la mañana partió de allí cual Alicia. Forrest pudo culpar a cualquiera menos a ella, no era capaz de verla con malos pensamientos. Decidió entonces para canalizar esa tusa, o mejor: "sin ninguna razón aparente", correr.

Pasaron los años y recibió una carta de Jenny. Le dio una dirección, le dijo que la visitara. El perrito faldero obedeció y, ¡oh sorpresa!, Jenny tuvo un hijo, ¡oh sorpresa!, era también hijo suyo. Quién diría, ese coito de misericordia bastó para embarazarla. Pero las sorpresas no iban hasta ahí. Jenny se había contagiado (seguro en uno de sus tantos sucios encuentros *hippies*/prostituticos) de VIH. Estaba muriendo. Forrest no entendía mucho la grave cuestión. Sin embargo, respondió como por instinto a la afirmación «estoy enferma» con el ofrecimiento de que viviese con él. Él la cuidaría. Pronto, tras otra propuesta de matrimonio, la convenció al fin. Se casaron. Tercer y último reembolso por lastima. Por desgracia, Jenny murió al poco tiempo, dejándole a un hijo inclusive más inteligente que él.

Sería mentira decir que Forrest salió alguna vez de ese hoyo. Aquellos reembolsos no fueron más que eso. Fueron, incluso, ventajosos negocios para que la ingrata, astuta tengo que aceptar, recibiese a cambio de cariño materno con cierta pasión escasa, un hogar y quien se ocupase de su bastardito luego de su muerte.

Le pido comprenda al lector que ha visto y re visto la película y lo último que quería hacer hoy era leer un soso resumen de la misma. Verán, la pongo en el *top* uno porque esta historia es la más cercana a mi circunstancia. Entre los tantos tipos de mejores amigos, entre pasiones completamente reprimidas, entre silencios de décadas, entre cuantiosos tipos de no correspondencias, Forrest fuckin´ Gump es el axiomático equivalente de Fulano Pérez.

¿O sea que sí hubo reembolsos por lástima? Los hubo, ¡Claro! Y temo admitir que son un sinnúmero de veces más dolorosos a un rechazo fulminante o a una espera sumisa. Son, queridos lectores, la degustación de un costoso restaurante.

El ostentoso, fotografiado, provocativo e ilustrado folleto de un quimérico viaje a París.

Los minúsculos minutos en el patio de una cárcel que te recuerdan lo bello de ese mundo en el que no estás.

IX

"Tal vez los poetas tienen razón. Tal vez el amor es la única respuesta".
Hannah y sus hermanas

El único que supo de todo ese rollo con Daniela fue Raúl, que tiene una obsesión bestial con los senos. (Si estás leyendo esto espero te haya gustado el nombre que elegí para anular el verdadero, perdón si te he descrito mal y mátame si querés pero contaré confidencialidades... total, nadie sabrá que sos vos. Recuerda que no somos nadie). No quiero hacerlo ver como un depravado, pero me impresiona esa manía. Él literalmente ama las mamas en todo su esplendor, de alguna manera puede verle la estética y la esencia a cada busto, inclusive a los de otros obesos. Por mí, él admira el buen cine; y por él, yo distingo y admiro una buena teta.

Raúl, mi único amigo, mi gordo favorito sobre la faz de la tierra, inclusive por encima de Tony Soprano. Si el lector quiere hacerse una idea de su aspecto físico, remítase al gordo Leonard de *Full Metal Jacket*. Cara redonda, cabeza rapada, cuerpo de Michelin, sonrisa de imbécil, alto, ancho; y si quiere, figúrelo también con una dona en la boca. Este, por supuesto, no se ha enloquecido ni ha siquiera considerado pegarse un escopetazo que pinte la pared de sesos, aunque suele salir de sus cabales solo bajo efectos de un papelito, un tequila, un senito pecoso o un afiche de Marilyn Monroe.

Puede llegar a ser mentalmente más estable que yo (¡a leguas más estable!), pero si se le ve borracho, drogado y, para colmo, viendo una imagen de la sesentera actriz (Alá sabrá si tenía pecas o no), tiene dos opciones: o huya de allí más rápido que un keniano o acompáñelo en su incomprensible demencia. Gracias a Raúl soy quien soy. Incluso hoy no sé exactamente qué soy, pero sé que lo soy por él.

—¿Se puso pistolera? —me preguntó en el colegio ese lunes apenas le conté sobre la interesante amamantada del fin de semana—. Quiero decir, ¿se le puso durito el pezón?

—Sí. Eso creo.

—Significa que lo hiciste bien. Esa es la erección de las mujeres... lástima que la nuestra sea tan evidente.

—Seeh, uno no disimula ni por el putas.

Paréntesis. Dato curioso: ¿saben cuál fue el primer busto de la historia del cine? (lo sé por ya sabrán quien)... el de Audrey Mudson en 1915. La película se llama *Inspiration*, esa escena, claro, no fue sexual y la vieja solo aparece una escenita en pelota, como musa de un pintor. No es la gran cosa si me preguntan; pero, de cualquier manera, inspiró la tendencia y tiene más de quince estatuas en Nueva York.

Ahora bien, la película con el primer desnudo integral, de minutos enteros de duración y, como ñapa, con el primer orgasmo del cine incluido, fue en 1933. Se llama *Ecstasy*. La vienesa Hedy Lamarr, nada en una piscina durante diez minutos tal cual vino al mundo. Casi al mismo tiempo que, en otra escena, corre por un bosque sin ropa alguna. Lamarr interpreta a una mujer casada con un viejo impotente y, entre lo más controversial del filme, simula tener un orgasmo. Esas tomas en primer plano de su rostro, mordiéndose de placer fingido el dedo gordo de su mano derecha, orquestada por la banda sonora de la película, por cierto: muda, calentarían a más de un espectador que hubiese tenido el chance de verla en aquellos contados países donde no fue censurada.

—Venga, pero ¿cómo eran…? ¿Muy grandes? ¿Qué radio?

—Relajado, marik, que usted sigue teniendo el radio más grande, como por cinco centímetros de diferencia.

—No me lo tenías que decir… yo sé que nadie me supera.

—Maldito obeso. Si ella tiene un salami, usted tiene una hijueputa mortadela.

Y, en serio, lo de la mortadela no es muy descabellado de decir. Yo mismo la comparé y la diferencia no pasa de los cuatro centímetros, es impresionante. Por fortuna, él siempre ha tomado su peso (que pasa de los ochenta kilos) con negra autocharla y equilibrada autoestima. Quizá haya sido de esa forma que enamoró a Sofía meses después.

Así es, mi mejor amigo conquistó a un fracaso de mi pasado. Para sarcasmo de la física (y para bien de él) en ese aspecto de las relaciones, no funcionó aquella Ley de Newton con la que tanto me insistía: «A mayor masa, menor aceleración». De hecho, desde que se ennoviaron, hasta la luna de hoy en que lo escribo, su amorío ha sido asquerosamente envidiable.

Según cuenta la leyenda, Sofía se metió en esa noche de Halloween tanta tanta tanta mierda, que su mente narcotizada reformuló por completo el concepto tan frívolo de belleza que tenía enclavado. Cuando salí de la fiesta hecho un completo desdichado, con la máscara de *hockey* reteniendo mis lágrimas, solo habían servido vodka y whisky. Suficiente, por supuesto, para prenderme e ir unas cuadras después, anulando cualquier recelo pueril, tras un mojito y un coño de Mendoza. El caso es que luego de salir huyendo, sin que siquiera el portero lo notase, al apartamento de Sofía entró, aparte de otra horda de gente sedienta de neón, la cantidad más absurda de marihuana, alcohol, heroína, papelitos y LSD que ninguno de los presentes viera jamás. Patrocinado, claro, por el novio nea de la anfitriona que solo le bastó un par de llamadas al *dealer* de su cuadrilla para darle un giro significativo a la fiesta.

Los novatos drogadictos—a la vez novatos en el rebajado arte de bailar reguetón—agilizaron la aburrida noche mediante viajes nasales a Neverland, éxodos intravenosos a Wonderland y migraciones humeantes a Oz. Nadie que quisiera mantenerse en sus cabales se libró de volar al menos un poco. Los ácidos fueron disueltos en las bebidas y el humo jamaiquino se desplazaba cual dementor de Azkabán entre el sudor y las luces *crossover*. Pervirtiendo alveolos, ahogando la lógica, revelando de entre la bruma, pitufos, unicornios, hadas y dragones. Se relajaron algunos músculos, se erectaron otros. La esquizofrenia colectiva le facilitó a los granosos, penosos y transpirados degradados del común, el imposible trabajo de ligarse a alguien socialmente atractiva.

Sofía, en cambio, continuaba bailando con su novio desde que yo me retiré. Esa nea precoz de solo trece años (a quien llamaremos E.T. de ahora en adelante por el increíble parentesco) hizo guardar lo mejor de la mercancía para ser consumido solo por él, su novia y sus parceros. Cristales puros de metanfetamina, cigarrillos con mentol y el Johnny Walker del que seguro me estaría hablando Alicia justo en ese momento.

La anfitriona ya estaba lo suficientemente ebria como para no alarmarse del paisaje salvaje. E.T., quien obvio solo deseaba desvirgarla para él poder a su vez desvirgarse y quitarse de encima la semejante presión de su manada, incitó a Sofía a mezclar sustancias. Un *shot*. Dos *shots*. Medio porro. Un papelito. Empezaba a acoplarse al surrealismo por el que pasaban todos. El *trip trip trip* de Rafael Chaparro cobraba por fin sentido. Viaje viaje viaje. Medio porro. Vodka. Mareo mareo mareo. Aspirina. Otra aspirina. Más mareo. «Con esto se te pasa mi amor», dijo el ochentero extraterrestre refiriéndose a un pase. Un pase. *Trip trip trip*. Dos pases.

¡Sirvió!

Como una patada al culo, como un rayo al corazón. La psicodelia murió al instante en ese último pase. Estiró el cuello de un suspiro largo y abrió los ojos con sobresalto a la vez que una gota de sangre descendía de su nariz.

Contrario a las intenciones de E.T de llevarla al completo limbo donde la abstracción no permitiese moral, conciencia ni gravedad, Sofía esclareció su mente más de lo que jamás estuvo. Dio cuenta del animal que tenía por novio cuando se vio en ropa interior, siendo besada de pies a cabeza por ese desesperado que estaba dispuesto a tener sexo encima de su propio vómito. De golpe, se levantó sintiéndose fétida. Salió del cuarto lo más rápido que pudo patinando en fluidos digestivos. Casi tropieza con el *alien* ebrio que ya cabeceaba, pero logró fortuitamente evitar los inmundos charcos y escapar en llanto discreto de semejante escena.

Echó en definitiva al tipo, tal cual me dijo en el colegio que lo haría. Pienso en ocasiones lo mucho que hubieran cambiado las cosas si yo hubiese retenido unas horas más esa tusa de *friendzone*. Para bien o para mal no estuve allí. Esa fecha fue, sin duda, un antes y un después, no solo para mí, sino también para gran parte de mi generación. Meses más adelante lo viviría por primera vez con Raúl (quien tampoco estuvo). Viajes nasales a Neverland, éxodos intravenosos a Wonderland, migraciones humeantes a Oz y otro par de cosas retorcidas que no tuvimos la oportunidad de hacer esa noche crucial, las hicimos después.

Volviendo a la leyenda (reitero, es solo una interpretación, desconozco las premisas psicológicas de semejante metamorfosis), Sofía, sintiéndose tan vacía, cambió a cabalidad su trivial hábito. Su cuerpo, juzgado a diario en el espejo y ejecutado en horas de gimnasio, pasó por fin a un segundo, tercer, cuarto plano de prioridad. Asqueada ahora por el postizo ambiente en el que solía habitar sin quejas, cultivó su intelecto e hizo nuevos amigos. Empezó a leer novelas que pasaran de las doscientas páginas, a ver películas en blanco y negro, y hasta aprendió, con admisible mediocridad, a tocar el bajo. Aunque su inglés permaneció igual o más montañero que cuando recibía mis tutorías, desarrolló eventualmente un francés casi perfecto a una descomunal velocidad. Ese tercer idioma no solo la hizo saltar millas desde una cultura de arepa a una de *croissant,* sino también, le hizo convertir su armario en el de la mismísima Amélie

Poulain. Blazers largos repletos de botones. Cardiganes delgados y suaves. Faldas con lunares. Botines negros de estilo masculino. (Ya que el frondoso rosa se extinguió como opción viable, todo lo anterior combinando amarillo, negro, verde, blanco, rojo y marrón). En una palabra: *vintage*.

Con solo medio mirar, de reojo y a lo lejos un atestado corredor del colegio, a pesar incluso de que se usasen uniformes, entre las calvas velludas de los neas, los rayitos tinturados de las grillas y uno que otro fulano peludo, se podía encontrar, hasta con mongólica desatención, a Sofía. Con su corto, enigmático y desalineado cabello azabache que, si se detenía uno a prestarle atención, podría oírlo cantar a furor *La Marsellesa* completa.

A estas alturas, ya conociendo ustedes mi delimitado procedimiento de selección antes de involucrar sentimientos y concederle un par de desvelos a una chica, podrán pensar *"Es perfecta para Fulano"*. En teoría, sí. Sofía cumplió los requisitos y pudo haberse convertido de inmediato en mi *priorité*, si tan solo esa noche de brujas yo me hubiera quedado en su fiesta o no hubiera ido a ese específico hostal o la condenada Rose DeWitt Bukater no le hubiese dado la gana de ir a tomarse algo. Sin duda, apartando a Alicia de la ecuación, las cosas habrían variado entre Amélie y *je*, teniendo también en cuenta que luego me buscó tácitamente durante casi un mes hasta entender que en mi cabeza divagaba alguien más. Pero para fortunio o infortunio (cuesta escoger cuál de los dos) las cosas se dieron como se dieron. El camino quedó libre y, tras los meses ya relatados, tras un cortejo sufrido, dudas, citas incómodas, mensajes, poemas y cursis canciones dedicadas, Sofía se enamoró sin remedio de mi perfecta versión obesa. De Raúl.

No hay mucho que contar de esa relación. Como les dije, aunque acreedores de mis bendiciones y buenos deseos, su noviazgo ha llegado a ser bastante envidiable e irascible en ciertas ocasiones. No por el pasado estropeado que tuve (que no tuve) alguna vez con Sofía, ni más faltaba. Sino quizá, por el mero estado somnoliento, dopado, ensimismado, abstraído, enigmático para mí, de donde se negaban (y se niegan hoy día) a salir jamás. A medida que esto avance conocerán más detalles de tan divina reciprocidad y de ese misterioso limbo ajeno en donde más tarde yo entendería con quién anhelaba vivirlo. Por ahora quisiera dar la específica anécdota de cuando fui el testigo visual de aquel embelesado dúo. El foráneo espectador de un canto a serafines en medio de un almuerzo de orcos.

Permítaseme antes puntualizar ese "almuerzo de orcos" que poco tiene de alegoría. Fue en la cafetería escolar, el lugar salvaje por excelencia de mi colegio (de cualquier colegio). Nada sobre la faz de la tierra puede llegar a ser tan no afrodisíaco como ese potrero de cerdos hambrientos, incluyéndome también a mí como cerdo por supuesto, que fue pensado para unos quinientos cerdos, pero ocupa en realidad casi mil. Alcanza su capacidad máxima a las 12:30, cuando bachillerato hace el merecido receso de atiborrarse con ciencias numéricas y pasa a atiborrarse, en manada, comida grasosa.

Basta que medio se oiga el timbre del recreo para saber cómo en un colegio se tomaría el apocalipsis. Quien llegase de visita a esa hora, al ver salir gente corriendo como suricatos del edificio donde están los salones, pensaría en un incendio o en un tiroteo. Pero no. Ese caos diario es por, y solo por, el almuerzo.

Mierda, no puedo evitar pensar en un documental de Natgeo. Un paneo a la cafetería mientras, en *off*, un narrador con acento español dice cual explorador en África:

"La cafetería escolar... un lugar donde puedes encontrar desde comida chatarra, frituras y golosinas, hasta proyectiles de corto alcance y almuerzos radioactivos. Este habitad es ocupado en su mayoría por famélicos chavales que a la hora de la merienda y el almuerzo corren sin rumbo hacia la eterna fila de la caja registradora para comprar algún aperitivo prodiabético, cancerígeno o sidoso que los sacie. Algunos por supuesto sobresalen en la manada y tienen el específico privilegio de una plancha: un almuerzo un poco más digno, que consta de papas a la francesa, tortilla de maíz pequeña, y un trozo de carne de res bañada a totalidad de grasa.

Si eres profesor de alguno de estos salvajes, tenéis el derecho inamovible de un menú. Plato casero, con jugo, arroz y postre sin la necesidad de hacer fila y sin tener que rebajarte a semejante calaña. Este medio ambiente es también el punto de encuentro de los diferentes mamíferos y anfibios que congregan sus grupos sociales en sillas ya delimitadas. Desde novios que comparten la comida en una danza pre apareamiento, estudiosos empedernidos de la desgraciada trigonometría que no entiende nadie y hasta solitarios especímenes que traen desde su casa la comida en escudilla... así es, nada como la cafetería escolar".

Excluyan por favor a Raúl y a Sofía de esa imagen caricaturizada que estarán haciendo en torno a aquella "danza pre apareamiento". El burdo intercambio de alimentos es protagonizado, naturalmente, por aquellos pichones que encuentran pasión hasta en el arroz tostado y grumoso del restaurante escolar.

Mídase la duración de una relación en la cantidad de besos que se intercambian en un almuerzo. Como constante promedio de cuatro meses (exagerando) y siendo cada beso equivalente a una semana, réstele a la constante los besos mendigados en un almuerzo, en promedio, de media hora.

Para los cálculos de noviazgos entre la raza nea y grilla, teniendo presente que, en la mayoría, por no decir todos los casos, la decisión de entablar semejante vínculo fue el producto de alguna apuesta, alguna meta personal, alguna lista que llenar. Cámbiese la constante por el periodo de un mes. Los besos conservarían el valor original y agréguese otra variable. El factor caricia. En términos de días serían inversamente proporcionales a los centímetros en que la mano (de uno o de los dos conejos) se encuentre de la entrepierna del otro. Reste el factor calculado de la constante junto con los besos y tendrá, ya sea una desventurada premonición para dentro de unas horas, o la exacta cifra de hace cuánto se efectuó el rompimiento.

Los amoríos, por tanto, regidos por el iracundo furor de feromonas clamando liberación sexual, duran menos que decir gagueando la palabra *"Mamihlapinatapai"*. ¿A qué voy con eso? Raúl y Sofía, ya habrán deducido ustedes, no se siquiera tocaron las manos en esa media hora. A una mesa diagonal, estaba yo con Kermit engullendo una hamburguesa y pasándola con Sprite. Juro mi mirada no se apartó de la sumisa pareja que se limitaba a comer lo que les hubiesen mandado desde sus casas. Sin besos, sin toqueteos. Hasta el momento, era yo el único que sabía de su reciente encuadre. Semanas después lo harían público; pero, por el momento, no querían levantar sospechas. Quizá sí se les antojaba hacerlo, pero ninguno de los dos se atrevió a despegar las manos de los cubiertos y sus ojos de los del otro. Esa indecisión bendita significaba *Mamihlapinatapai*. Ese trabalenguas es, y cito de Wikipedia, *"una palabra del idioma de los indígenas yámanas de Tierra del Fuego, listada en el Libro Guinness de Récords como la 'palabra más concisa del mundo', y es considerada como uno de los términos más difíciles para traducir. Describe 'una mirada entre dos personas, cada una de las cuales espera que la otra comience una acción que ambos desean pero que ninguno se anima a iniciar'"*.

¿Comprenden ustedes mi envidia? Raúl podría estar comiendo heces de gato con la boca abierta. Sofía pudo vomitar sopa verde a diestra y siniestra cual niña de *El exorcista*. Jueputa, ¿no bastaba acaso con aquel entorno de manatíes contendiendo? Y aun así, ¡y aun así!, ninguno de los dos rompería esa burbuja celeste, esa contemplación aborigen. Qué daría yo por compartir con alguien una mirada así. Debe ser hasta egoísta, ¿no creen? Volverse indiferente ante todo lo que no sean ellos dos. Valerle a uno el mundo mierda, desear solo nacer, morir y resucitar en esos ojos. No digas nada. No diré nada. Solo mírame en el intervalo en que llevas la comida a tu boca y la masticas. Miro el plato. Miro tus ojos. Plato. Ojos. Plato. Ojos. Plato. Ojos. Ojos. Ojos.

Quisiera admitir que alguna vez llegué a sentir el mismo ensimismamiento. Con el defecto, claro, de que no fue para nada bilateral. Si bien habré sentido yo la misma farsa química que Raúl sintió en el hipotálamo, el estómago, la pelvis, el hígado, el orto, donde sea; el mismo anhelo visual de hacer algo, pero preferir finalmente morir en dos pupilas castañas. Sería un insulto para los yámalas de Tierra del Fuego llamarlo *Mamihlapinatapai*.

Si probé yo la relatividad del tiempo en esos diez imperecederos segundos. La Ley de Kepler en cuatro pestañeos de ese par de elipses. La gravedad con la que una lágrima apática, o más bien, una lagaña matutina infiltrada en la glándula lagrimal y disfrazada de gota, caía con docilidad desde la esquina derecha del izquierdo. Si formulé la fórmula de fricción cuando la preliminar lagaña/lágrima casi intangible se extinguió milésimas antes de bañar al cachete. Y mientras demostré hasta la existencia de un Dios con la plegaria no cumplida de una sonrisa, retribuida mejor, mediante unos ojos sonrientes cuando sus labios, al no formar el arco de la expresión por ocuparse en sostener un cigarrillo, le designaron la tarea a los ojos, quienes cumplieron a cabalidad, (tras medio cerrarse se curvearon de forma autónoma a un grado leve pero jovial).

A pesar de lo anterior, ella; quiero decir, Ella, al fin vio en mis ojos oscuros una total, reverenda, absoluta e infinita nada. No sintió nada, no le significó nada. Muchísimo menos probó algo.

En el momento habré seguro pensado en una reciprocidad de la emoción. Me habré de hecho propuesto acercarme a hurtar un beso. Pero ██ no tardó mucho tiempo en desviar la mirada de incomodidad. (Si hablamos de manera objetiva, diez segundos son muy poco; aunque, como dije, fueron, son, imperecederos, pues créanlo o no aún sigo allí).

Oh, claro que sabía, claro que sabe que me gusta. Solo se negó a comentarlo por miedo a una declaración patética, a una consecuente respuesta amarga, a un consuelo débil («pero podemos seguir siendo amigos») y, por último, a la pérdida perpetua de su ventajoso osito de felpa.

X

"Shit happens!"
Forrest Gump

Advertirá el lector una respuesta directa, sin dubitaciones, a la pregunta ¿Cuál es la palabra favorita del narrador? Y déjenme decirles que, si la respuesta tomó en cuenta aquella expresión repetida sin pudor alguno a lo largo de estas páginas, están en lo cierto, queridos lectores.

"Mierda". Sin duda mi palabra favorita. La palabra del castellano que abarca más significados que cualquier otra. Todo un universo del lenguaje escondido en seis letras. El recurso perfecto para enunciar, con esa sola palabra, mil y una cosas. Significados, incluso, paradójicos entre sí que pueden ser dichos con esa misma bisílaba gracias al fino arte de la tonalidad.

Anticipando potenciales tachones y tildadas hacia Fulano como un burdo, un guache, un inculto, dedico este apartado a desempolvar el concepto que se tiene de la mierda y, si tengo suerte, a darle el meritorio puesto, más allá de las fronteras del diccionario, en la cultura. Tan merecido como el *fuck* gringo. Y, quién descarta, se convierta también en su palabra favorita.

Apología a la mierda

Mierda viene del latín *merda,* que significa excremento. Sobra anotar cuán elemental es dejar de ver a la palabra como simples heces por más cagado que sea su origen. Es triste la forma vil con la que algunos ignorantes subestiman a la mierda. Y es que, vista como la simple, censurada, orgánica excreción, pierde su verdadera magia.

Dicha magia, yéndonos un poco más por la versión histórica y teatral, proviene de la Edad Media, cuando los aristócratas eran los únicos a quienes se les permitía ir al teatro. En efecto, el éxito de la función se medía por la cantidad de carruajes en el parqueadero y, además, por mera consecuencia orgánica, por la cantidad de mierda de caballo en el suelo. Así entonces, si desde la entrada se percibía el olor hediondo de heces de cualquier clase de equino, podía asegurarse buena cantidad de espectadores y suponerse mucho éxito.

Tras siglos y siglos, cuando el teatro y todo tipo de espectáculos pasaron a ser también del pueblo acomodado, cuando eran más los peatones e incluso, cuando más adelante se cambiaron los carruajes por vapor, la cantidad de mierda disminuyó sino del todo, en gran medida. Hecho que no anuló para nada la expresión convertida ya en instinto, tradición y rito. Ese corolario de la Ley de Murphy que nos convenció de que desear buena suerte generaría mala suerte, emanó moda, dichos, e infinidad de supersticiones al respecto: *"Rómpete una pierna"*, *"mierda, mucha mierda".*

En lo personal, fue el *stand-up* lo que me hizo amar al teatro y el teatro quien me hizo amar a la mierda. A la mierda, claro, más que literal, por su sumiso culto y su catártico espíritu. Además, porque fue allí, en ese nuevo ambiente, donde Fulano experimentó cierta metamorfosis que forjaría lo que es.

A mis doce años, dopado por Andrés López y Seinfeld, corrí directo a la primera academia teatral de las páginas amarillas. *Academia El Método: Encuentra tu estrella interior.* Para empezar de cero, era sin duda la apropiada, aunque no la sobreestime lector por su atractivo nombre y su prometedor eslogan. Sí, fueron muchas cosas las que aprendí con respecto a las tablas, pero no crea que ese célebre "método" de Stanislavski se me dio a aplicar en algún momento de mi educación. Eran simples bases que me ayudaron a relacionarme con humanos y entretuvieron a mi mediano cerebro en desarrollo, atestado por un colegio matemático. Y es que fue, en esencia, esa pre escuela de ingeniería lo que me obligó a abandonar la academia tres años después. Como sea, busqué ese escape pseudo artístico para asesinar de una vez por todas a ese inepto Fulano tímido que parió mi infancia televisiva.

Primer día: llegué quince minutos tarde porque al César se le olvidó llenar el tanque del carro y un accidente dominó de varios carros y motos nos estancó en un trancón de tres cuadras. En recepción solo estaba la secretaria, quien tenía un tenue aire frustrado de llevar toda la vida allí. Al fondo, una puerta grande medio ajustada dejaba salir la voz del profesor tomando lista. Antes de entrar lo oí preguntar por mi nombre:

—¿Fulano Pérez?

A lo que una horda de risas por poco y abren la puerta por mí.

—Presente —dije con risa tímida y vergonzosa mientras terminaba de entrar a las pequeñas bambalinas donde entrenaría al perfecto mentiroso.

Como es usual, expliqué que sí me llamaba así. Terminaron de llamar a lista y el tipo procedió a pedirnos el ejercicio más clásico, ya hasta trillado, para comenzar cualquier estudio primerizo de actuación.

—Caminen por el espacio al ritmo que les diga… caminen por el espacio… Uno es cámara lenta, diez es a toda velocidad… conozcan su cuerpo, conozcan el escenario, la escena… bla bla bla…

Terminó el ejercicio y ya varios se habían golpeado con notable fuerza entre sí en el nivel diez. Yo me salvé por simple reflejo maquinal de evitar a la gente cual imán, no porque quisiera llenar los lugares vacíos como de hecho era el propósito.

—Ahora, busquen pareja, ojalá del sexo opuesto.

Y entonces esa niña de apretados *leggins* negros me buscó como a una toalla higiénica en *esos días*. Su nombre era el único que recordaba dentro de los que escuché porque corrigió casi con rabia al profe cuando dijo "Rosa Velez" y debía de ser "Rosita Velez". Tal cual. Arrebató la lista, pidió un lapicero, tachó la *a* y puso el afijo *ita*. Le sonrió sin dientes para que no lo tomase a mal y se volvió a sentar.

Me eligió con frenesí, quizá al comprender e identificarse con lo que es tener un nombre molestable. La instrucción, para "el conocimiento de nuestro cuerpo y el de nuestro compañero" consistía en tratar de por ningún motivo despegarse del otro mientras una melodía (de unos quince minutos) sonaba a ritmos variados, los cuales debíamos improvisar con movimientos acordes a los compases. La muy profesional en el oficio guio mi cuerpo en esos gloriosos novecientos segundos. Tendría por ahí uno o dos años más que yo, pero esos senos eran, sin duda, de universitaria. En palabras de Raúl, si hubiese estado allí, eran del tipo caucásico, un poco sobre desarrollados y tendrían una que otra minúscula estría de exceso de tejido graso que no bastaría para empantanar en lo absoluto la esencia prima de su busto completo pues, seguro y aunque no los vi nunca, en lo estético sus pezones se me hacían perfectos, su sombra de radio normal era plana, sin aires de chupón, en proporción ocho a uno a las punticas resaltadas que apuntaban casi paralelas al exterior.

Aquel aspecto le habrá generado varios problemas de espalda a lo que, al resto, varias fantasías. Sin pudor alguno hicimos fricción en todos lados y recorrimos hasta la más rebuscada de nuestras células. A los siete minutos se pasó del ritmo electrónico a un suave piano que condensó nuestros sudores en uno solo. Recé para no erectarme pero quien escuchó sería Afrodita porque ni esos blindados bóxeres de Los Simpsons disimularon del todo a mi saliente amigo. Por fortuna estaba bastante oscuro y nadie distinto a la quinceañera precoz notó el leve relieve.

Terminó el ejercicio y quedé totalmente flipado. Fue lo más cercano que tuve a sexo oral en toda mi vida cuando ni siquiera sabía qué era el sexo oral. Sin exagerar, ese recuerdo lo tengo igual de vívido como al de esa noche con Alicia dos años después. Nos separamos y sin decir una palabra caminó hacia los demás para escuchar las observaciones del profe.

Menuda sorpresa lo que dijo. Según él, se nos vio tanta química a Rosita y a mí que estaba, por poco, decidido a darnos el protagónico de la obra del final del semestre. Bastaron un par de clases más entre semana, con otra tanda de ejercicios eróticamente alegóricos parecidos, para que se decidiesen los papeles. La obra, por supuesto, no sería *Romeo y Julieta*, semejantes monólogos matarían a cualquier principiante y adaptarla a una versión *light* sería un delito sin misericordia contra Shakespeare. Además, por muy clásica y referente —hasta gastada ya—al público paterno y familiar de esos eventos no le es posible digerir cosas escritas del año dos mil para atrás. Fue por esto que se optó al fin por el costumbrismo cómico. Patrón para cualquier presentación medio exitosa de allí para adelante, de allí para atrás. Situaciones del común, con problemas del común y personajes estereotipados del común, un verdadero deleite de risas fáciles. Y es que, aunque no se eligió *Romeo y Julieta*, el romance no podía faltar.

"Parejas Disparejas", la tesis del profe para graduarse de licenciado en arte dramático: Ferney, un tipo de clase baja, lleva una relación con Manuela, una chica de clase alta. En medio de un rústico almuerzo con tamal en el parque, dentro del cubierto de papa Manu encuentra enterrada una sortija de compromiso barata; lo que supone una proposición matrimonial por parte de Ferney, quien interrumpe su merienda para arrodillarse y consolidar la pregunta. La gomela cegada por el amor o por quién sabe qué, seguro porque Ferney es la versión teatral de una nea, acepta sin dudarlo. De allí en adelante surgen una serie de circunstancias típicas en la que mejor ni ahondo pues las verán a diario, sagaces lectores. Clasismo, prejuicios familiares, caricaturas

de pobres, caricaturas de ricos. Borrachos, piropos, lotería, fútbol, empanadas, junta de acción comunal, vecindad, y, por último, el matrimonio. ¿Y qué tiene obligatoriamente un matrimonio? ¡Un beso!

No son imbéciles, ya habrán adivinado, los tórtolos. Exageraría al afirmar que fueron mariposas en el estómago, llamémoslas larvas teniendo en cuenta mi edad e inopia. Estas larvas, foráneas para mí hasta entonces, me empujaron a una extraña necesidad de hacer contacto con Rosita fuera de las tablas. Oh sí, allí arriba éramos uno solo, nos aprendimos el guion en dos semanas y hasta lo mejoramos, pero en la realidad, no le conocía ni el segundo apellido. La muy profesional (o la muy malparida), llegaba a clase y se convertía en una Manuela perfecta. Agudizaba la voz, pulía su caminado. Alimentaba en cada acotación a las nacientes larvitas que clase tras clase se reproducían como conejos. Para finalmente, al sonar el timbre, huir al camerino y encarnar de nuevo en Rosita. Rosita la misteriosa, la de *leggins* apretaditos, la de teticas sin diminutivo. Rosita la que odia que le digan Rosa.

Se pasó el semestre igual. Ya en el día clave, acostumbrado a su indiferencia post clase, y a que en la práctica nunca llegamos a las nupcias, pensé que al momento de la ceremonia se rehusaría a dar el beso y optaría por usar cualquier recurso teatral, ya fuese el de dar la espalda y besar el cachete, o el de abrazar con hipócrita fuerza de oso para anular el requerimiento clérigo.

—Bueno muchachos, llegó la hora, mucha mierda.

Aquella grosería me inquietó, sobretodo de un tipo tan recto como parecía ser el profesor. Comprendí al instante que se trataba de una bella excepción soez, un rito mágico y un conjuro más poderoso que mil abracadabras.

Fondo negro, suena un vallenato o un bambuco, no recuerdo. Telón arriba, banca de un parque.

—Manuelita, mi amor, ¿quiere casarse conmigo?

—¡Ahhh! ¡Síííí!

Situaciones coloquiales, el partido, el vestido, la herencia. Bla Bla Bla, Ja Ja Ja.

—Y los declaro, marido y mujer. Puede besar a la novia.

Fulano entra en *shock*, Ferney entra en *shock*. Y entonces fue la novia la que besó al novio, ensartándose en Fulano como a un maniquí inerte. Uno, dos, tres, cuatro segundos de aplausos y continuó pegada. Para cuando bajó el telón habría pasado ya el minuto y Manuela (o Rosita, o quien fuera) estaba a punto de abrir la boca. Dichoso y maduro primer beso si mi lengua hubiese tocado la suya. Pero no, nos interrumpieron para salir a hacer la venia. Me agarró de la mano y nos hicimos en el centro de la fila junto al resto de actores. Más, más, más aplausos. Fuimos al camerino a felicitarnos, a despintarnos el maquillaje y los personajes. Y una última racha de mierdas, envuelta en la emoción de hacer algo en conjunto, arte humilde, surgió desde las fibras de todos. Mierda mierda mierda mierda.

Es impresionante cómo esta palabra resulta conveniente para emociones contrarias. Cuando las larvas estuvieron a un solo gesto de su evolución a mariposa estomacal, Rosita las mató con una puta frase:

—Te presento a Camila, mi novia.

Puedo imaginarme al lector gringo gritando en sus pensamientos, *Are you fucking kidding me?!* No, no lo estoy jodiendo querido lector, así fue. El insecticida no fue el factor noviazgo. Qué carajos, si fuese por eso, la hubiera esperado y habría criado a esas larvas junto con mis hormonas apenas floreciendo. Lo que desplomó cualquier expectación de conocer primeros indicios del amor fue el femenino del sujeto, ¡resultó ser lesbiana, maldita sea! ¿Cómo no verlo venir?

Sin contar al rechazo de Dani jugando pico botella, el de Rosita fue el primero oficializado. No había llegado al vocabulario de ninguna persona que conociera el concepto de la "zona del amigo" y yo ya estaba allí. Esa noche germinó, aparte de un Fulano menos sumiso, cierto amor por el teatro y una anécdota tragicómica (más trágico para mí, más cómico para el resto de la humanidad), el enunciado fecundado en este capítulo, la razón del mismo. Esa epifanía de que la vida no es rosa, tampoco azul, tampoco verde. La revelación de que la vida también puede saber a mierda y que es esa mierda la que tenemos que honrar para poder esmaltarla, ahí sí, de rosa, de azul, de verde o de cualquier otro color. *Shit happens.*

Para llegar a la catarsis, elija primero una emoción. Lo cierto es que puede indagar en la que se le dé la gana. Sea negativa o positiva, el efecto será igual de purificador. En excitación, en euforia, en angustia, en odio, en desolación, en ira, en expectación. La mierda nos sorprende hasta en la vibración más oscura del alma. Ya elegida la emoción, asegúrese de estar de pie o sentado sin la espalda recostada, de modo que su columna este libre para sacudir su cabeza al momento de expulsar la grosería. Respire hondo una última vez y suelte ese "mierda" pensando en lo que quiera, menos en la mierda en sí.

Dependiendo del caso, concentre todos sus sentidos en el desalojo de la lágrima, en el canto de la risa, en el suspiro entre dientes o en el pigmento colorado mezclado al ceño fruncido. En el primer caso, la tonalidad de la expresión debe ser, sino muda, muy débil. Si bien la mucosidad generada por la lágrima concebirá una voz entrecortada y, a su vez, un tono bajo, hay quienes desprecian la bendición de esa incapacidad y, en un acto de injustificada valentía, rompen el silencio. Al momento de la expulsión no es recomendable buscar las energías que no hay para maldecir a gritos. Por el contrario, para alcanzar un efectivo y honesto desahogo, se debe entregar a la debilidad y maldecir a susurro o incluso a simple fonomímica.

Contraria a la embarcada en tristeza, está la que es dicha con el alma amotinada. Conservando básicamente la posición anterior, diríjase esta vez la atención a los brazos. Con tono titánico y eco resonante, grítese el "mierda" a todo pulmón y extiéndanse los brazos hacia arriba, hacia abajo o hacia los lados. La contracción de los dedos ya dependerá del tipo de euforia. La de espécimen *"I'm the King of the world"* o *"I'm singing in the rain"* requerirá naturalmente los dedos templados abrazando el infinito y una risa cantando paulatinos mierdas a do mayor. Por otro lado, la euforia desesperada e iracunda del tipo *"What's in the box?!"* requiere no solo inquebrantables puños y brazos encogidos, sino también la dentadura mordida a su totalidad. El lienzo rojo que recubre el rostro, acompañado por una que otra grieta facial entre las cejas, da la apertura al igualmente tono titánico expulsado, en este caso, entre dientes. Al ser la lengua la única locutora de la feraz expresión y, por consiguiente, al sobre esforzarla para ser soez ella sola, teniendo además en cuenta que una de las dos puertas de aire del organismo fue sellada, el pigmento del rostro será directamente proporcional a la cantidad de mierdas dichas.

(Derivados: mierdita, mierdero, mierdecita, merda, mierdota, mierdotota, mierdototota, mierdecilla, miércoles, mierdonón, mierdononón, trigonomierda, merde, enmierdar, enmierdando, enmierdado).

XI

"Me interné en los bosques porque quería vivir intensamente; quería 'sacarle el jugo' a la vida. Desterrar todo lo que no fuese vida, para así, no descubrir en el instante de mi muerte que no había vivido".
La sociedad de los poetas muertos

Es curioso como con cierto optimismo se manejan los conflictos en esta pintoresca cultura donde caí sin elegir. Lo inquietante es que por menos jodido que sea un problema, tras solucionarse, se ve como una especie de logro y aquella etapa superada se agranda a proporciones casi irreales. Me explico: A cierto tipo le da cierto cáncer (así es, uso el ejemplo del cáncer como desgracia común). Ni diré el lugar ni el tipo de cáncer ni la agresividad del mismo. Solo digamos que le dio cáncer. Aun así, siendo un poco caricaturizados, tomaremos dos clases de cánceres como escala. La menor y la mayor escala en términos de esperanza de vida. El cáncer de la uña del meñique será el más inofensivo, tratable, curable. Hasta el más patético. En definitiva, una gripa con tos sería más peligrosa que un cáncer de la uña del meñique. De tratamiento bizantino. Anestesia local, extirpación de la uña, incapacidad laboral de un día, uso de sandalias en el pie afectado, acetaminofén cada cinco horas, listo.

Mientras que, como último grado del tumorómetro, tomemos la metástasis de un cáncer cerebral. El más letal, intratable, incurable. A lo largo de la historia de las metástasis de un cáncer cerebral, quienes lo han sobrevivido con éxito y sin secuelas ni siquiera pertenecen al mismo continente o al presente siglo. Solo remotas anécdotas que rozan la leyenda, a su vez el mito, a su vez la fantasía. De aquellos minúsculos casos documentados latinos, donde el paciente vivió unos años más, no hay uno que no sea o agonizando, o vegetativo. En definitiva, si no muere, queda bobo.

Teniendo ahora los dos extremos, le pondremos algún nombre al tipo, tan cualquiera a un fulano. Paco, quien tiene esposa e hijos, tras el diagnóstico de un cáncer (independiente de la clase) verá su destino como el de un paciente con cáncer de la uña del meñique. Con tranquilidad, optimismo, cotidianidad incluso. Por más complicado que sea en realidad, él, su esposa, sus hijos, su familia, la familia de su familia, los vecinos, sus colegas, sus amigos, todo aquel que no lo desee muerto, verá ese X cáncer como un estúpido, fútil, insignificante, cáncer de la uña del meñique. Así pues, estando enfermo, fisiológicamente puede llegar a tener una metástasis de cáncer cerebral, mientras que mentalmente tendrá siempre, el de uña.

Paco hace el X tratamiento para su X cáncer. Digamos que se recupera del todo y retoma su vida cotidiana. Sabiendo que ya está curado, Paco, su esposa, sus hijos, su familia, la familia de su familia, los vecinos, sus colegas, sus amigos, todo aquel que no lo desee muerto, verán ese X cáncer superado, como una odisea milagrosamente culminada. Se verán únicos. Como un puñado de arena cogido de entre todas las playas del planeta. Así pues, pudo llegar a tener cáncer de la uña del meñique, mientras creyó aliviarse de la mortífera metástasis.

Nuestra exageración innata nos hace minimizar el problema. No tiene que ser cáncer. Cualquier enfermedad, cualquier adversidad, sea física, económica, social, solemos verla distinta a como la veríamos en los demás. Si la desgracia es ajena a nosotros y a nuestra burbuja no dudamos en afirmar, con todo el realismo del caso, «está jodido». Mientras que cuando nos toca, la desgraciada hecatombe deja de ser desgraciada hecatombe y se convierte en un simple brete.

Inmediatamente superada (si es que se supera), esa exageración fusionada un poco con orgullo, nos hace agrandarlo ahora sí a la desgraciada hecatombe (superada) para sentirnos bendecidos, glorificados, únicos.

Al tener solo un par de ojos para ver el mundo, cada quien hace de su perspectiva una excepción beata en el universo. Bien sabemos que nuestra estadía aquí es insignificante en absoluto. Si con obras palpables no logramos dejar huella, nuestro inconsciente, nuestra cultura, nuestra autoestima psicótica nos convence de ser una anomalía celeste.

Es por esto que siempre en cada caso personal, el número de lotería escogido será el ganador, un terremoto jamás tumbará nuestra casa, la comida de la calle solo tiene gérmenes para los demás, el azar estará de nuestro lado en una evaluación de respuesta múltiple, el SIDA no existe, el herpes menos. Caminar en la noche es seguro porque ningún ladrón, ningún violador, ningún terrorista/guerrillero/paramilitar/secuestrador, querrá molestarnos.

Si elegimos sello, no será cara. Nuestro equipo de fútbol es el mejor del mundo. Basta una bendición para que el arquero tape el penalti pues del lado del arquero estoy yo y por más bendiciones que se echen todos aquellos que están con quien lo cobra, el arquero no dejará que le metan gol. Ejemplo flojo, no sé por qué lo doy. A la mierda el fútbol igual.

¿Recorte de personal? Eso no me incluye. ¿Tiroteo casual? Imposible que me atraviese una bala. Cada uno de nosotros cree (aunque no lo admita) que las encuestas abarcan a todo el cochino mundo, menos a uno. Todo por imaginarnos fuera del montón de la humanidad. Apartados en un lugar de la existencia donde solo estuvo Jesús, Mahoma y Newton. Sabiendo, incluso, que allí, por más páginas de la historia que un ser pueda ocupar, se disipará poco a poco en el olvido. La incertidumbre de ser nada la combatimos con el dogma de ser la irregularidad misma. Uno, en miles de millones. Ignorando que el resto, cada uno de los miles de millones restantes, piensa lo mismo.

¿Has tenido alguna vez ganas de irte a la mierda? ¿Abandonar el colegio, abandonar todo y tan solo irte? ¿Que nunca quisiste liberarte de los límites que la sociedad te dibujó e ir en busca de lo que de verdad te llene? No querrás ser el chico o chica promedio que termina sus estudios, busca carrera, un cubículo, una casa, un salario, una esposa, un jefe, un hijo, un perro. Qué deseo insaciable de libertad se siente, ¿cierto? Sabes lo que no quieres hacer, pero no tienes idea de lo que quieres realmente. Formar una banda. Escribir un libro. Ser futbolista. Una estrella de Hollywood. Un dichoso desconocido. Un excéntrico famoso. Alguien feliz. Tu lema es *carpe diem*. *"Aprovechen el día muchachos"*, te repites esa frase de Robin Williams tratando de encontrar el verdadero significado de aprovechar. Cómo quisieras ser testigo de una injusticia, pararte en tu escritorio cual poeta muerto, ignorar a la autoridad, y desahogar tu corazón diciendo: *"Oh capitán, mi capitán"*. Te detienes y caes en la cuenta de, primero, no tener un profesor por quien valga la pena ser expulsado; segundo, te verías como un mongólico parado en un escritorio gritando estupideces; y tercero, no posees ni siquiera un cómplice amante de la vida que impulse tu lírico afán. ¿Qué vale la pena, maldita sea? ¿Acaso la vida es solo una orgía química en nuestro cerebro? ¿Un vómito cósmico?

La verdad, no quiero creerlo. No quiero creer que el amor es un puto neurotransmisor que dura pocos meses. Que el apego es oxitocina. Que alma y cuerpo son la misma mierda. *¿Above us only sky?*

Debe ser más común en los ancianos darse cuenta de la preliminar epifanía sobre la insignificancia del hombre. No estoy muy seguro si el hecho de que, en mi incluso más insignificante pubertad, saberlo sea una maldición o una bendición (y vuelvo con lo de sentirse bendecido). De cualquier forma, le agradezco a ese existencialismo taciturno por moverme, en parte, a escribir. Pretendiendo dejar cualquier pisada, cualquier huella o al menos cualquier mugre. Y le agradezco también por instruirme la saludable rutina de soñar.

Verán, a pesar de que antes lo hacía a diario, nunca había comprendido el valor existencial de vivir las horas en las que dormía. Sabía que si comía algo pesado bien entrada la tarde, las pesadillas me atormentarían toda la noche. (Dato científicamente comprobado, no por eventualidad). Aunque cambié por un tiempo el hábito de engullir cuanta mierda se me apareciese al caer el sol (alitas con *bbq*, hamburguesa doble carne, punta de anca término medio, etcétera), me di cuenta que estaba dejando de soñar. Podrá sonar estúpido, pero aquello me espantó.

No podía dejar de pensar en la muerte como eso. Si bien tardaría un solo parpadeo para ver la mañana (bueno, de hecho, dos parpadeos pues santamente me veo obligado a orinar en la mitad de cada noche, lo que me atosiga bastante), el solo pensar en la muerte como esa absoluta nada, ese parpadeo sin mañana, sin tarde y sin noche, me angustiaba. Retomé, entonces, el hábito y me acosté siempre con el estómago lleno. Por supuesto, las malas ilusiones volvieron sin medida. Desde escenarios factibles con fracasos, desastres, suicidios, asesinatos; hasta escenarios menos factibles, y más apócrifos, con dragones, demonios, fantasmas, holocaustos, fines del mundo, Voldemort, Hannibal Lecter, Freddy Krueger y Michael Myers.

Al tiempo, la experiencia me ayudó a manipular el rumbo de mis sueños cual DiCaprio en *Inception*. Quién diría que tras comer como cerdo, una mera pastilla de sal de frutas disuelta en un poco de agua, bastaría para hacer de una pesadilla en la calle Elm, un sueño pastel de Wes Anderson, y en ocasiones hasta fantasías eróticas con Emma Watson.

Sin descartar, por supuesto, algunos sueños enigmáticos que ni horrorizaban ni deleitaban a mi almohada. Son, seguro, esa parte de los sueños encargada de desechar los intrascendentes detalles de los detalles incrustados en la cotidianidad. Sueños que, al ser unidos con el último pensamiento del día, con alguna imagen de la mañana, con el sonido mecánico del ventilador dando vueltas en media luna, formaban una completa melcocha de sinsentidos y surrealismo. Símbolos incapaces de ser leídos y una apatía recurrente. Ni sudor frío, ni sudor cálido, ni emisión nocturna, ni párpados inquietos, ni sonrisa disimulada. No inspiraban nada. Para ponerlo en un nombre, eran y son (hoy, con menor frecuencia) películas de David Lynch.

Elegí, pues, el vivir mis noches ensimismado. Ya sea en llanto, sudor frío, palpitaciones de pánico, o en alegrías, anhelos de quedarme allí por siempre, o simplemente en simbolismos contingentes. El provecho de mis en promedio ocho horas cobijadas, han sido y serán, vivir, en vez de visitar a la muerte a diario con el baldío fin de acostumbrarme.

Dios quiera que Dios exista. Dios quiera que el mortal sea inmortal. ¿No son acaso más cercanas que lejanas las dos concepciones acerca de la muerte? El infinito, la eternidad, se vive tanto en "el Cielo" como en la biológica "inexistencia". Ambas escapando del tiempo. Sin inicio, sin fin. Sin la existencia común del sujeto humano. Sin etapas o partes. Sin dualidad. ¿Es entonces la "nada" semejante (¡o igual!) a la gloria eterna? Las diferencias ya son de contexto. Para la mitología griega se vive en Los Campos Elíseos, un lugar paradisiaco semejante a los infinitos campos fértiles de Aaru de la mitología egipcia. Para el budismo, en el nirvana. Para judíos y cristianos, en presencia de Dios, el banquete celestial del Cielo.

Todas las religiones concuerdan en trascender. Lo que las diferencia del otro concepto es que mientras en esa trascendencia se tiene noción del existir, razón de quién se fue y de quién (o qué) se será por toda la eternidad. Desde el pensamiento científico el *ser* escapa de la existencia. Sin razón de lo que fue. Mucho menos de los huesos que es. Mucho menos del polvo que será. Y muchísimo menos de la nada que será para siempre. ¿Algún parecido? En efecto, se coincide en una palabra. Sea lo que se sea, sabiendo, o no, qué se *es*, tras la muerte, "eso" se prolongará "infinitamente". Siendo la prolongación, o del *ser,* o de la *nada*. O, en el caso menos esperado, siendo el ser y la nada, sinónimos.

¿Venimos entonces de la inexistencia para existir un soplo e inexistir el resto de los siglos de los siglos? ¿O acaso el *yo* es tan intemporal que trasciende la materia? Suena bien lindo, pero, ¿y la memoria? ¿Acaso la reminiscencia hace al yo, a la conciencia y a la mera existencia? ¿A la vida? Cierta esa frase de Gabo de que la vida no es lo que uno vivió sino lo que uno recuerda y cómo la recuerda para contarlo. Viéndolo así, lo único que diferiría a la eternidad de la nada, ambas infinitas, ambas sin alfa ni omega, es la memoria; en efecto, el único infinito presencial que conocemos, un infinito que heredamos y que legaremos, que por propia manía de la entropía y del puto tiempo inmisericorde se corromperá o se dulcificará dependiendo del narrador.

(¿Dónde cabes, Dios mío?, ¡¿dónde?!).

Es contradictorio, nunca lo sabremos con certeza. Pese que a diario más de ciento cincuenta y cuatro mil personas se encuentran con la verdad, ninguno de ellos regresa para contarlo en el noticiero. Si acaso en abstracciones esquizofrénicas o en apariciones a familiares, pero nunca a la humanidad misma, como para quitarles de una vez por todas la fastidiosa duda. La verdad no estoy seguro qué enloquecería en mayor medida, ¿saber lo que es (o no es) la muerte, o seguir divagando en teorías? Como sea, no perderé más mi tiempo ni el de ustedes escarbando en el puto Sahara.

XII

"La esperanza es muy peligrosa, puede volver a un hombre loco".
Shawshank Redemption

Es cruel darte cuenta que de quien te obsesionaste nunca existió. Me explico: conoces a alguien, o al menos dices que la conoces. Comparten uno que otro gusto e insinúas el resto. Vuelves a tu mundo. Tu mundo, con el que te conformas pues vives bastante cómodo con lo que no es desconocido para ti. Pero esa nueva persona ya está en tu mente, para bien o para mal, allí esta. Quiso entrar a tu vida y la dejaste entrar. Tu monotonía cogió otro rumbo de esperanzas bastante alentadoras. Ahora: no la conoces del todo y no sabes quién es, pero según lo que viste y hablaste con ella, tu mente le asignó a esa persona un avatar X. Determinó un posible estereotipo real de acuerdo a esa charla mágica.

Al día siguiente solo la ves y te sonríe. Aunque te convences de haber tenido una conversación mental que nunca existió con un tema que, supusiste, le interesaba. Pasan los días y esa mujer mental se te hace indispensable, es tan completa que parece real. Supones escenarios que ambos disfrutarían. Mencionó algo sobre una obra de teatro que le gustaría ver, tal vez una canción que le llegue al alma o un restaurante al que siempre dice que irá. Ésta es, ¿verdad?... ¡ésta es!

Con los gustos llega la personalidad. Dedujiste por un abrazo que te tenía cariño. Una cogida de manos que te hizo pensar que quería algo serio. Ese guiño cómplice con el que creaste todo un mundo de suposiciones.

La encuentras por tercera vez, es la misma, el abrazo, el guiño y la cogida de manos, pero algo te disgusta. No es contigo. ¿Una nea? Casi vas a ahogarte en rabia y recuerdas que es tierna, es así con mucha gente quizá. No es gran cosa. Pero miras algo. Algo a lo que tú no llegaste a tener con ella. El tipo le da un beso. Ella lo recibe. ¿Pero si con la última persona con la que estaría sería con un hombre así? Ah por supuesto, a tu chica mental. Eres incapaz de aceptar que a quien ves, solo es la portadora del cuerpo que extrajiste para desarrollar a tu chica mental. Desplomas en la desilusión. Qué imbécil que fuiste. Parece que el beso incluía lengua. Te alejas del lugar. Lo que te duele más no es que se haya metido con él, sino que se mete con todos. Si te hubieras esforzado esa vez, hubieras podido hasta verle los senos como la otra mitad del colegio. ¿Consultaste su reputación antes? ¿Creíste que era distinta?

Lucho a diario conmigo mismo. Una parte de mí se rehúsa a olvidarla. La otra parte lo quiere hacer, pero está en desventaja pues la parte de mí que se rehúsa, es la más paranoica. Se alimenta de cada encuentro, de cada roce, de cada mirada y de cada palabra que ella dice el poco tiempo que podemos compartir. En el recreo, cuando no está con su novio, esa ignorante porción mía deduce que están peleando. Y cuando están juntos, ese pedazo realista me hace aterrizar. Me resigno. Trato de pensar en física, geometría, trigonometría y en química. Parezco haberla olvidado. Casi puedo cantar victoria. Hasta toparme con ella. Siempre con una sonrisa en su cara. Comportándose como mi amiga, pero juro que cada vez que la veo, me mira de manera tan penetrante que pareciera me tratara de decir algo. ¡Juro que me guiñó, maldita sea! ¿Por qué alguien le guiña a otra persona?

a. Tiene un tic incontrolable.
b. La encandiló la luz del sol y pareció haber sido un guiño.
c. El guiño es un gesto amistoso, quiere quedar bien con todo el mundo. A cada quien le da lo que le corresponde… conmigo basta con ese gesto para manejarme a su siniestro antojo.
d. Me ama en secreto. Ese símbolo confidente se traduce en: «Oye, te quiero a ti. Esfuérzate más».

Lector, no me juzgue por favor. Sé a leguas que la respuesta es la *c* pero niego admitirlo. No me sirve para nada la verdad si insiste en hacerme la vida un chiste. La *d* al menos consuela y (quién sabe) podrá darme la motivación necesaria para hacer de esas palabras inventadas, una realidad.

—¿Sabes lo que siempre hago para olvidar a una chica? —me dijo Raúl hace poco—. La imagino cagando, inténtelo.

—Qué asco, marik.

—De eso se trata, gran estúpido.

—Hablo de vos, imbécil. ¿Cómo podés vivir con la escena mental de cada chica que te decepciona haciendo… —ni quise nombrar el verbo— …sus cosas?

—¿Cagando?

—¡Sí!

—Sirve bastante, eso sí mata pasiones. Imagínesela bien estreñida haciendo fuerza. O peor, con una diarrea del putas que la obligué a defecar hasta el alma…

—Bueno, bueno, ya entendí el concepto. Pará por favor. —Deshice la repulsiva imagen mental que Raúl me obligó a crear y continué—: no quiero sacar así a ███ de mi cabeza. Creo que tengo oportunidades todavía. ¿No viste cómo me guiñó hace un rato?

—Fula, entendelo. Está con esa nea. A vos solo te tiene para calentarte las pelotas y manejarte como su marioneta… güevón, es que ni siquiera son amigos. —Se queda pensando indignado como buscando un ejemplo—. ¿Te acordás de "Los padrinos mágicos"?

—Claro. ¿Qué carajos tienen que ver "Los padrinos mágicos"?

—Bueno… Timmy Turner tenía de mejores amigos a A.J y a Chester el negro genio… mientras que su "amigo de repuesto" era Elmer, el *nerd* con el grano gigante que quería conquistar el mundo. ¡Vos sos Elmer! El sustituto, el suplente. ¿De verdad querés seguir siéndolo? ¿De verdad Fulano?

Touché… ¡Mierda, soy Elmer!

—¿Acaso usted está cuando hablo con ella?... nuestra relación es tan especial que ni un novio la puede destruir. Ella todavía está confundida y no quiere tomar decisiones precipitadas.

Primera negación.

—Espero tanta lengua nea le ayude a decidirse.

—Sí, puede que por el momento esté un poco cegada y lo prefiera a él, pero ella me sigue mandando mensajes con todo disimulo.

Segunda negación.

—El supuesto guiño de ahorita, ¿y qué más marik?

—Pues todo eso que hablamos por Facebook, cuando está triste me busca porque sabe que soy el único que la entiende, solo le tengo que dar tiempo.

Tercera negación. Canta el gallo. Quiquiriquí.

Algún día a tu novio se le acabará la plata o la imaginación, y no tendrá con qué enmendar las usuales cagadas de cada mes. Algún día no habrá girasoles, rosas, chocolates, viajes, cartas, carteras o libros (recomendados, obvio, por mí, para ti), que te recompongan el alma y que anulen ese desengaño, esa pelea, esa mentira. Sé muy bien cuán indelebles son las lágrimas que te roban, más que cualquier sonrisa obligada. Y es que una nea podrá comprar tiempo, pero jamás ganará por entero, el puesto en la aorta donde yo estoy, ni mucho menos el centro de tu corazón, donde no está ni ha estado nadie diferente a ti misma.

Existen dos formas de condenar a alguien a la amistad: La primera consiste en un fulminante, doloroso pero llevadero golpe con la realidad, estallar la burbuja antes de que alcance una altura bien peligrosa. Alabar desde un comienzo los grandes amigos que son y hasta compartir las dichas o desdichas amorosas que se tiene con *otra* persona. Eso sin duda es efectivo. Pero tuviste que elegir la segunda opción, maldita sea, la más letal. Aquella que te siembra la esperanza con la misma facilidad con la que te la quita. Dejaste a la burbuja elevarse hasta más no poder y no te importó que estallara a mil pies de altura. Solo para que sepas, sí te imaginé cagando. Fue inútil hacerlo, pues no me ha servido ni en el peor escenario que mi mente ha osado especular.

XIII

"Elige la vida, elige un empleo, elige una carrera, elige una familia. Elige un televisor grande que te cagas. Elige lavadoras, coches, equipos de compact disc y abrelatas eléctricos. Elige la salud, colesterol bajo y seguros dentales, elige pagar hipotecas a interés fijo, elige un piso piloto, elige a tus amigos. Elige ropa deportiva y maletas a juego. Elige pagar a plazos un traje de marca en una amplia gama de putos tejidos. Elige el bricolaje y pregúntate quién coño eres los domingos por la mañana. Elige sentarte en el puto sofá a ver tele-concursos que emboban la mente y aplastan el espíritu mientras llenas tu boca de puta comida basura. Elige pudrirte de viejo cegándote y meándote encima en un asilo miserable, siendo una carga para esos niñatos egoístas y hechos polvo que has engendrado para remplazarte. Elige tu futuro. Elige la vida. ¿Pero por qué iba yo a querer hacer algo así? Yo elegí no elegir la vida: elegí otra cosa. ¿Y las razones? No hay razones. ¿Quién necesita razones cuando tienes heroína?".

Trainspotting

La mentalidad antioqueña, colombiana y suramericana con respecto al éxito y al desarrollo colectivo no pasa de la necesidad insaciable de millonarias cimentaciones, suntuosas edificaciones e incontables fábricas.

El patrón de elección de casi cualquier alumno a la hora de buscar pregrado es un área del conocimiento numérica. La mayoría, gracias a la herencia de ingenieros familiar, a la presión de quedarse sin empleo, o a esa arbitraria influencia escolar de *"meter las matemáticas por los ojos"*, han desistido de estudiar carreras humanísticas, creativas, musicales, deportivas o hasta culinarias que soñaron desde pequeños. Y, por el contrario, eligen una carrera de agrado colectivo que no los excluya de la demanda de hormigón de esta sociedad. Al parecer, ese augurio de que la base de la superación son las ciencias exactas, ha influenciado directamente a los dadores de conocimiento y por consiguiente a quienes lo reciben.

When we grew up and went to school, there were certain teachers who would hurt the children
anyway they could
by pouring their derision upon anything we did
exposing any weakness however carefully hidden by the kids.
But in the town it was well known
When they got home at night their fat and psychopathic wives
Would thrash them within inches of their lives!

Temo convertirme en un Spock si estudio lo que, mi papá, mi colegio, mi ciudad y mi país esperan que estudie: una ingeniería. O no precisamente en Spock, ya quisiera ser un vulcano ensimismado en la lógica antes de convertirme en un estudiante más del montón de aspirantes a ingeniería en este tercer (o cuarto, o quinto) mundo. Si hay alguien a quien culpar por esa disimulada presión vocacional es a esta estúpida hipótesis colectiva que cree que el progreso es igual al cemento. Desde pequeños nos han convencido de cuan exacta es la realidad, nos metieron en la mente que si algo no tiene ni volumen ni masa, no existe. Y poco a poco esa clase de historia que tanto te interesaba, pasa a ser una mínima prioridad. No porque tu interés haya mermado sino porque tu mente apenas acaba de procesar el hecho de que aparte de sumar, restar, multiplicar y dividir, los putos números pueden también elevarse. Y sin que terminaras de digerir esa verdad algebraica, te empiezan a hablar de raíces, logaritmos, ángulos, ecuaciones e inecuaciones. Tú queriendo escuchar hablar de Platón, Napoleón y Hitler, te meten por los ojos (por no decir el culo) a Pitágoras, a Newton y a Kepler. Lo increíble es que por más que prostituyas en el cuaderno su nombre y su fórmula, no conoces siquiera un retrato, una fecha, una ciudad o una célebre cita. Solo te concierne la condenada ecuación que no sabes despejar. Pasa séptimo, octavo y, en noveno, cuando crees haber cantado victoria, cuando puedes convivir por fin con una maldita X y una condenada Y en un mismo polinomio, ¡BANG! Entra la física a tu metafísica vida. Velocidad es igual a distancia sobre tiempo. V= X/T. Velocidad es igual a distancia sobre tiempo. V= X/T. Velocidad es igual a distancia sobre tiempo. V= X/T.

We don't need no education
We don't need no thought control
No dark sarcasm in the classroom
Teachers leave them kids alone
Hey! Teacher! Leave them kids alone!
All in all it's just another brick in the wall.
All in all you're just another brick in the wall.

Y sin darte cuenta, ya estás encima de una banda eléctrica de producción que no admite errores de fábrica. Alcanzas ya a divisar, a lo lejos, el cesto residual de alumnos que no dieron la talla. Si lo que quieres es ser alguien en esta vida, abandona cuanto antes las humanidades y véndele tu alma a las ciencias exactas. Y sí que lo haces. Al sentir tu año peligrar, al ver por primera vez en la vida notas inmundas del tipo 1.8, 1.2, 0.9, ¡0.5! No dudas un solo segundo en entregarte por siempre al raciocinio. Llega décimo con química, llega once con cálculo.

Hace no menos de seis años dirías, convencido, que las matemáticas son solo agregar y quitar, la vida es el resto, lo que ocurre mientras haces esos procesos. Pero tu bendita infancia ignorante murió en esa primera paja a los doce años junto con aquella quimérica frase. Tienes ya los suficientes vellos en el corazón como para codificar a la realidad entera. Seno de *e* es 0,41. Coseno de *pi* es -1. Tangente de 60 es √3. Molaridad es igual a moles sobre volumen. Volumen es igual a masa sobre densidad.

I don't need no arms around me
And I don't need no drugs to calm me.
I have seen the writing on the wall.
Don't think I need anything at all.

No! Don't think I'll need anything at all.
All in all it was all just bricks in the wall.
All in all you were all just bricks in the wall

Energía potencial es igual a la masa por la gravedad por la altura. Ep= M.g.h. presión es igual a fuerza sobre área. P= F/A. Calor es igual al calor específico del material por la masa por el delta de temperatura. Q= Ce*m (Tf-Ti). Intensidad de la corriente es igual a la carga eléctrica sobre el tiempo. I= Q/T.

$$X = (-b \pm \sqrt{(b^2-4ac)})/2a \qquad V\Delta = (1/3)bh \qquad a^2 + b^2 = c^2$$
$$P1 + 1/2pv^2 + pgh = P2 + 1/2pv^2 + pgh \qquad a = (Vf-Vi)/(Tf-Ti)$$
$$E = MC^2 \qquad A = pi\ r^2$$
$$F = m\ a \qquad P = nRT/V$$
$$V = r/t$$

¿En qué grupo de la tabla periódica está el componente de los sueños?
¿Con qué nomenclatura debo nombrar
esta nostalgia mecánica,
esta realidad automatizada?
¿Cuán irreal es mi pisoteada esperanza
si tiene la densidad del vacío?
¿Puedo siquiera quitarle dígitos a la pesada gravedad?
¿Puedo siquiera comprobar el teorema de la eternidad?
¿Cómo lo hago sin que la razón refute hasta mis lágrimas?
¿Cómo carajos despejo a la felicidad de la fórmula de la vida?
¿Tiene acaso felicidad aquella fórmula
o solo radica, en vida es igual a rutina sobre tiempo?

¡Ahhhhhhh!
¡Basta!

Para fortuna de mi soñador y agonizante niño interior, descubrí a tiempo, aparte del choripán, la cerveza, la literatura, el cine, el cine porno, el arte en general, a la marihuana. Y junto con ella, a sus ilegítimas, ilegales e inspiradoras crías. Esa descendencia sintética y maldita, empacó mis maletas y las de Raúl, y levantó las velas hacia ese escape necesario de la realidad que, de hecho, abordamos tarde con respecto al resto de la masa estudiantil que hacía rato, hastiada de respuestas con una sola solución, había comenzado. En efecto, los viajes nasales a Neverland, éxodos intravenosos a Wonderland y migraciones humeantes a Oz se realizaron con más, más y más frecuencia para cumplir a cabalidad la tarea divina de distorsionarnos.

—Dichoso aquel que ve *Natural Born Killers* estando bien *high*—dijo Kermit con una seriedad bíblica, como si se tratase de un mandamiento.

—¿Ya lo hiciste? ¿Qué tal?

—Nada. Una vez me metí un ácido viendo *2001 Odisea espacial* porque no me la aguantaba; y, bueno, medio se arregló en la parte que el tipo viaja a Júpiter a la velocidad de la luz. Y pues otra vez un roce de heroína viendo *Trainspotting*, ya sabés, en forma de homenaje. Pero esa nunca. Ni siquiera la he visto.

No me sorprendió para nada su insuperable racha de pinchadas, aspiradas, fumadas y engullidas dosis de hasta la más primitiva de las drogas. Apostaría cualquier cosa a que ya probó el sacol cual gamín debajo de un río. Por algo lo llamamos Kermit, ¿no? Lo que sí me atrapó de entero fue ese exquisito gusto fílmico que hasta ahora desconocía. Él era el eslabón perdido que la secta (conformado por Raúl, Fulano, y Sofía, a veces) demandaba sin buscar. El héroe discreto que combate lo cotidiano. El nuevo integrante de este pacífico ku klux clan contra la supremacía nea.

—Yo la tengo. En Blu-Ray, de hecho —dije.

Me miró con confabulación esperando la pregunta. Por mi mente pasó una cantidad inmensa de información pedagógica con aires médicos sobre el peligro de las sustancias psicoactivas. Pulmones negros, cerebros vegetativos, dependencia, anorexia, leucemia, SIDA, suicidio. El amarillismo mediático del tema es implacable, sobre todo cuando estudias en un colegio católico con fachada laica. Casi decidido a no hacerlo, a volver a mi puesto de inmediato y hasta a alejarme de por vida del tan dañado muppet verde, miré de reojo hacia el tablero. Allí, por obra del mismo demonio, yacía un proceso de electroquímica que, sin joder, ocupaba el noventa y ocho por ciento del tablero. El otro dos por ciento era la fecha.

—Este tema entra para la evaluación del jueves junto con los que vimos de equilibrio ácido base.

Un amague de vómito me obligó a apoyarme en la pared, apenas oía las quejas silenciosas de mis compañeros. Esa queja tan emputada, tan encabronada, pero a la vez tan sumisa, tan resignada. Se me pasó al fin la náusea y volví mi mirada a Kermit. Sus ojos achinados reflejaban algo que nadie en el salón era capaz de emanar en una clase de química, algo que yo deseaba muy dentro de mí. Una alegría permanente a prueba de cualquier crítica, cualquier problema, cualquier evaluación por debajo de dos. Una eficaz filosofía que rezaba vivir el ahora y valerle mierda el mundo. Me acerqué, le sonreí y pregunté en susurro como si la pregunta debelara el plan completo:

—¿La vemos?

—De una. —Sonrió con gran alegría sin mostrar sus dientes, así, tal cual la Rana René.

Sería ese viernes en mi casa. El lector no lo creerá, pero en cuanto a padres sobreprotectores, los de Kermit superan por mucho a mi papá. Y teniendo presente que los de él son lo suficientemente descuidados como para cegarse ante su evidente afinidad por vivir en la psicodelia. No sé si es confianza o simple negligencia, el caso es que El César, desde que se dio cuenta lo semejantes que son nuestros cariños mutuos (o sea casi nada), me entregó la parca aunque útil confianza que se le da a un fiel inquilino. Mientras él no esté, lo que sucede una gran fracción de las noches de todas las semanas, tengo potestad del Mazda 6 (el segundo carro de la casa porque el Gran Vitara, que es el primero, es solo de él), la comida de la nevera, el dinero que necesite de la caja menor, las llaves de la casa, y, en efecto, la casa misma. No nos iba a molestar nadie. César llegaba a las seis del trabajo y salía tipo nueve, hasta quizá la mañana siguiente. Todo dependía del reto que se plantease esa noche. Ir en busca de veinteañeras, treintañeras e incluso cuarentonas conservadas, lo que en video juego se traduciría a modo legendario y por ende debería dedicarle la noche entera. O ir en busca de cincuentonas más cercanas a su edad, modo de juego medio, pues aunque más fáciles que las anteriores, requerían cierto civismo, séquito, trago y, en algunas, romance. Como fuese, cualquiera de esas dos opciones me servía para poder ocupar al apartamento de droga, cine y Kermit.

Tal cual calculé, salió a las 8:54. Preparé el Blue-Ray, el teatro en casa, crispetas y pedí arroz chino. Según leí, estar *high* te da un hambre descomunal. Rogué al cielo para que justo ese día no le diese por irse de putas a mi papá. Esa tercera opción de juego para principiantes solía elegirla poco, cuando su autoestima rozaba el suelo. Si lo hacía esa noche, todo se cagaba, pues sin tapujos, rosas, comida, o trago, lo despachan rapidito.

A las nueve llegó Kermit con los suplementos. Debo admitir que hasta el momento del primer roce seguía yo estancado en prejuicios. Fue por eso que lo quise hacer, no solo con el casi desconocido muppet, sino también con Raúl. Por desgracia no lo dejaron salir ese viernes y se tuvo que quedar en su casa estudiando cual asiático hasta subir a mínimo cuatro el tan "indigno" promedio de 3,3 (indigno para sus padres, factor de visceral envidia para el resto de la humanidad) que tenía en geometría. Aun así, juramos probar la *weed*, aunque a kilómetros de diferencia, ese día a la misma hora. Sincronizados a las 10:30 comenzó el ritual. Inició el filme de Oliver Stone, esa mierda se ve hasta loca estando cuerdo. Kermit, en un sillón aparte, desenfundó su armamento.

—Solo marihuana —le dije cuando me invitó a catar heroína, ácidos y una especie de coca bañada en anilina azul. Empacó por cortesía el resto de las condenadas y preparó dos porritos medianos. Le pregunté que si le llevó a Raúl antes de venir y me dijo que sí. Que no quiso ganjah sino papelitos (es decir, ácidos). La curiosidad me mató y lo llamé. El güevón se metió dos de un tirón mientras veía la única película que encontró y le funcionó de su desordenada videoteca de discos rayados, *La comezón del séptimo año*. Para cuando contestó no había remedio alguno. Entre risas llenas de mocos me repetía como un autómata oxidado el diálogo de la película, al fondo se escuchaba el *soundtrack* y los golpes de su mamá tocando la puerta.

—Marica, te van a pillar.

—Marilyn, Marilyn… Marilyn, Marilyn, Marilyn, ¡jueputa qué belleza!

—Dígale que tome leche —interrumpió Kermit medio ido. Apenas estaba prendiendo el cachito de cannabis.

—Raúl, escúchame, bajá la voz. ¡Bajá la voz! *Okay*, cálmese, termine la película y apenas se acueste su mamá vaya a la cocina y embuta leche todo lo que pueda pa' que se le pase.

—Ahhhh Fulano, se lo juro que voy a dejar a Sofía por esta malparida tan ¡lindaaaa!

—¡Que está muerta, hombre! Se suicidó hace años. Bueno, de hecho se cree que la mataron por todo ese cuento con Kennedy, como sea, no importa, cálmese ya… hágame caso.

Me lloró un buen rato la muerte de Marilyn Monroe tras negarla con mamón ímpetu. Al fin se calmó y colgué. El humo de mi compañero ya me había mareado lo suficiente como para abarcar esa indiferencia tan anhelada y dejar la preocupación por Raúl. Cogí entonces los diez centímetros de yerba pura y los prendí. En el minuto siguiente divisé desde los parlantes a un dementor de Azkaban que se fugaba de la habitación. Descubrí que provenía, de hecho, de mi sedada nariz que lo suspiraba a velocidad constante. A diferencia del de Harry Potter, este espectro no me aspiró el alma, sino que exorcizó mis desdichas más oscuras. Dejando solo felicidad e indolencia amena. Sentí que la realidad, por un instante, por una excepción cósmica, se estiró. El cubo denso de concreto en el que solía y suelo habitar, se deshizo de un hálito, y en ese cuarto de hora, en el que el clímax pudo hasta hacerme jugar póquer con Marlon Brando y Jesús, reescribí *La razón* por entero. Recordé mi pasado con aflicción, recordé mi futuro agrio como si fuese, más que una expectativa, el augurio de mi más grande desilusión. Después, reí. Reímos. Reímos de júbilo, cólera, angustia y sosiego. Reímos de todo y nos preguntamos de todo. De por qué el violeta es violeta y se llama violeta. De cómo putas una cartera de mujer contiene tantas cosas en tan poco espacio y de por qué la vida acaba en la muerte y empieza en el natalicio y no viceversa. ¿Y si antes de los cuarentas el mundo era solo en blanco y negro? ¿Y si los árboles sufren de lepra cada otoño? ¿Qué bebida toman en las fiestas de graduación de las películas de Disney? A la mierda quien dijo que la gravedad terrestre es de 9,8 metros segundos cuadrados, la gravedad es de ¡2,07!

Permítase al ser humano ser también una paloma. Una pluma de paloma, mejor. Permítase saltar del mapamundi y descansar por siquiera poco tiempo del mismísimo tiempo.

¿Cuántas personas en el mundo se estarán haciendo una paja a esta hora? ¿Cuántos de esos están solos, cuántos de esos acompañados, cuántos de esos en Skype, o en Youtube, o en Facebook? Pero vamos más allá, filtremos un poco la cifra: ¿cuántas personas en el mundo se están preguntando cuantas personas en el mundo se estarán haciendo una paja?

Para llegar al menos a la décima deberás ahondar mucho más. De esos que se preguntan cuántas personas en el mundo se estarán haciendo una paja, ¿cuántos acabaron de probar por primera vez el cannabis y por consiguiente además de preguntarse banalidades existenciales, se están zampando con ímpetu arroz chino bañado en teriyaki? Ahí lo tienes, dos personas. Bueno, quizá uno que otro vietnamita o incluso Seth Rogen, pero no importa. Sos notable. Bastaron relativamente pocos verbos a la pregunta para llegar a vos. «Dichoso aquel que ve *Natural Born Killers* estando bien *high*», ni Woody Harrelson lo pudo decir mejor.

La película acabó y el furor nos permitió ver *La naranja mecánica* y unas escenas de *The wall*. A eso de las cuatro de la mañana, luego de medio probar un milímetro de heroína a petición del psicoactivo anfitrión, nos encontramos medio aburridos, canaleando sin parar. Novelas viejas en canales nacionales. Películas malas de terror en TNT, Golden y Warner. Roñas con "héroes de acción" del tipo Stallone, Schwarzenegger, Seagal. Películas flojamente eróticas en Cinemax, sin imaginación ni genitales. Descubrimos en conclusión que la televisión no fue hecha para navegantes desvelados y nos resignamos a escuchar música el resto de la velada.

XIV

"¡Me encanta el olor del napalm por la mañana!".
Apocalypse Now

Lo mejor de jugar póquer con Jesús es que delata siempre sus cartas. No solo porque tenga unos orificios gigantes en las palmas que revelan de cuando en cuando un número o una pica, sino por su cósmica incapacidad de mentir. La mentira, o al menos, la apariencia, son la base fundamental de este juego. A quien se le pueda leer en los ojos qué tan bien o qué tan jodido va, no tendrá nunca chance de ganar. Por el contrario, en la otra esquina de la mesa, Marlon Brando se vuelve tu principal rival. Cualquiera que tras tener sexo anal con mantequilla en una película pasara a ser el jefe de la mafia en otra y convertir a las dos en clásicos inmortales de su respectivo género, tiene el poderosísimo histrionismo facial para ser el reverendo putas en póquer.

Kermit se retira, Jesús se retira. Quedamos Vito, La Casa y yo. Hubiese preferido fichas que simbolizasen dinero, pero una caja de fideos y dos latas de Club Colombia no están tan mal para la histórica apuesta. Me hará una oferta que no podré rechazar, repito en mi mente la famosa *quote* con inepta preocupación imaginando mis sesos encima de mi baraja. La otra opción era la de la mantequilla del *Último tango en París,* la verdad es que no estoy muy seguro de cuál sería la menos dolorosa.

Me detengo a ver mis cartas antes de mostrarlas (8, 7, 6, 5, 4, 3 de diamantes), ¡escalera real! Miro al Brando de *Un tranvía llamado deseo* que con un gesto de sesentera virilidad me exige con la mirada a perder. Veo al fin a *La Casa* que pasó de ser Rocky Balboa a Barney el dinosaurio morado. Todo comienza a esclarecerse un poco cuando siento vomitar a Kermit como si estuviese desechando sus órganos. El mesías, cumpliendo sus propios mandatos, ayuda al muppet a botar la melcocha estomacal.

Un primer rayo de sol calcina mis pupilas y me veo como un idiota jugando solo en la sala, en vez de cartas corrientes con las cartas de Uno, ese juego de mesa que amaba de pequeño y que está diseñado para cualquier coeficiente intelectual. Marlon era la figurita de *El Padrino* que me trajeron de Estados Unidos el año pasado, *La Casa* era efectivamente la proterva programación televisiva (en ese momento daban *Barney y sus amigos* para los madrugadores bastarditos) y Jesús era la pintura del Sagrado Corazón acabada de vomitar.

—Mierda, las 6:15—me dije a mí mismo y a Barney. Kermit no escuchaba. Al caer en la cuenta que nadie lo ayudaba, corrí a su auxilio. Lo arrastré de los hombros hacia el retrete más cercano mientras me salpicaba en el cuello gotas de una inmundicia casi enmierdada.

Dejé a la rana pegada al sanitario y organicé la casa que estaba hecha un chiquero. No había rastro alguno de César, lo que me intranquilizaba aún más pues en cualquier momento podía abrir la puerta y encontrarse con semejante cataclismo de huracán además de evidenciar la tan factible teoría de que se estuvo metiendo droga toda la maldita noche. Eché a la basura todo resto de la pasada tertulia, el domicilio de Arroz y Noodles, las latas de cerveza, lo que quedaba de los porritos por supuesto, y hasta el Blu-Ray de *Asesinos por naturaleza*. Cualquier cabo suelto me jodería la vida. Empolvé el suelo de jabón Fab, me bañé de loción y empaqué a Kermit en el Mazda.

Es curioso, ese carro siempre anduvo allí parqueado, las llaves estuvieron siempre a mi disposición y aun así no lo cogía por cierto temor inducido por las clases de manejo. El malparido instructor, tras de que me hacía sentir como un culo (buñuelo que le llaman), se retorcía de la risa cada vez que el carro se me apagaba. Casi perezco aprendiendo a prenderlo en subida. Ese centenario baile entre el *clutch*, el acelerador y el freno se me hizo imposible. Como sea, el Mazda lo utilizaba para simples vueltas hasta ese día.

Ya se me había pasado la traba, pero era como si sus secuelas agudizasen mis sentidos hasta el punto de disfrutar por fin (y es que antes solo generaba náuseas) del varonil, artificial y turbulento olor a gasolina. Encendí el auto y de inmediato ese tufo de adrenalina pura entró triunfante a mis alvéolos acabados de pavimentar por la marihuana. Libertad, esa es la palabra. Libertad e insurrección. Ambas dependiendo la una dela otra, ambas neutralizando en la frontera lo legal de lo ilegal para asentarse por siempre en la grieta constitucional que no incluye a ninguna. «¿El detector de alcoholemia cogerá el tufo de marigua?», le pregunté a Kermit sin tener respuesta pues dormía acurrucado a la ventana. Esa idea me excitó. Sin duda es más peligroso un tipo drogado al volante que uno ebrio. Aunque agudizado en todo el sentido de la palabra, la imaginación puede llevarlo a verle alas al auto, o peor, a ver a los peatones como honguitos de Mario Bros que hay que aplastar.

Llevé a Kermit a una unidad residencial en la mierda. Entré a su cuarto, le serví un Alka-Seltzer que traje desde la casa, pero me lo negó; sacó entonces del cajón privado de bóxeres, una provisión para el mes. Me regaló también un tubito de coca y un naipe de papelitos. «Para Raúl», dijo riendo pero hablando en serio.

De allí en adelante volvimos costumbre el consumo. La verdad es que solo seguí con la ganjah. El ácido ni lo probé por miedo a tener los mismos efectos de Raúl y la coca, por más nacionalismo que se pueda tener por este ícono colombiano mundial (principal exportación, además), me fastidiaba muchísimo tener que aspirarla. Primero, porque hasta manipular harina me da rinitis; y segundo, porque es muy cara, bastarán cinco pases largos para acabarte un gramo que te costó un testículo además del tan alto porcentaje desperdiciado en los estornudos. Y ni hablar de inyectarme, esos delirios de que todo está infectado de todo no me dejaron entablar amistad con la heroína. Así que opté por la madre de todas, el plato de entrada de todo toxicómano corriente al resto de sustancias. Según tengo entendido, nadie ha muerto de fumarla.

Ahora que lo sabe, le pido no me llame drogadicto, escrupuloso lector. Así como es injusto llamar fumador a un soldado calentando su garganta con un cigarrillo dentro de una helada trinchera en Normandía, llamar drogadicto a Fulano no es pertinente. Este oriundo permanente, ya no solo de la zona del amigo sino también de la tabla periódica, necesita de cuando en cuando su porro para no sucumbir.

XV

"Aceptamos la realidad del mundo que nos presentan".
El show de Truman

Al llegar al centro comercial casi no encontramos puesto para estacionarnos. Ya íbamos tarde para la película lo que me impacienta bastante pues por prurito personal no puedo perderme ni los avances. Por fortuna encontramos uno en el S4, justo al lado del ascensor. Nos trepamos al elevador y César señaló:

—Hijo, fíjate por dónde parqueamos.

A lo que miro el local más cercano y digo sin pensar:

—Al lado de la Librería Nacional.

Pero mi papá, justo antes de terminar la frase, sobrepone otro indicador igual de válido:

—Por el cajero de Bancolombia.

La situación era en realidad poco culminante, no me importó al momento, pero cuando salimos de cine comenzó a taladrarme la cabeza. Entendí por fin el concepto de perspectiva y sentí el existencial desasosiego de convertirme alguna vez, en algunos años, en mi padre. No, no es precisamente el hecho de convertirme en él, me enferma descubrir que no tengo ningún modelo a seguir para cuando sea mayor. En mi cotidianidad no encuentro nunca a un niño que improvise ser un adulto, rara vez hay uno que otro patético adulto improvisando el papel de niño mientras que, en su mayoría, son solo adultos que lapidaron su infancia en un oxidado cajón de recuerdos. Maldita sea, ¿es tan degenerativo tener cédula?

—Una amiga es como tener una gallina de mascota, tarde o temprano te la vas a querer comer —dice El César tratando de robarme una carcajada y queriendo despedazar la tensión de la quincenal salida padre e hijo. Casi cada domingo, luego de misa de nueve vamos a funciones matiné, después a almorzar. Más que eso, acabó de formular una ley inquebrantable. Aunque no tiene conocimiento directo de mi fama, o mejor, de mi invicta racha de friendzoneadas, su sentido materno de padre soltero le ha dado un croquis bien dibujado del fracasado púbero que, dice un acta de nacimiento, es su hijo. Quizá le haya inquietado la tremenda cantidad de amigas que suelo llevar a la casa en las tardes, y le haya sorprendido mucho más que semejante quórum jamás se haya quedado hasta después de las diez de la noche. Pero lo que creo derivó ese mandamiento profano fue el factor Ella.

Un pequeño detalle se me escapó hace unas páginas: Entre el *quorum* del que les hablo se encontraba la desgraciada de Daniela. Sí, sí, sé que juré a mí mismo, "jamás volveré a derrocharle energía sentimental a una grilla, a una exgrilla, a una pregrilla o incluso a una casigrilla" bla bla bla, pero es que entienda, comprensivo lector. Súmele a la tensión sexual de un tipo promedio de dieciséis años, la efímera fantasía de la noche en el hostal. Si es bueno en aritmética, notará de inmediato el tremendo incremento de apetito tras ese primer polvo. ¿Comprende ahora? ¡Todo hoyo sirve! *"En tiempo de guerra, cualquier hueco es trinchera"*. *"A falta de una intelectual ideal, una grilla no está mal"*. Eso sí, sin comprometer emociones de ninguna índole.

La amenaza a muerte de Lopez (sin tilde, recuerden), se la sapié a Dani apenas me volvió a hablar preguntando por qué la tenía tan olvidada. Sorpresa la mía que se haya extrañado por el tan salvaje, aunque tan predecible, mensaje de su noviecito. El caso es que le terminó y no tardó mucho en conseguirse otro. Y sí, de la hegemonía nea. E.T., de hecho. Si Lopez era el patrón del bando norte (o sea los que solo usan camisas Foxy Tap-Out), E.T. era el *boss* del bando sur (o sea los que solo usan camisas Polo con la estampa inmensa del jinete). Para entender esta raza, y perdonen el tinte antropológico al que me desvié, debe tenerse en cuenta que a pesar de ser iguales estos dos tipos de neas para la gente normal, entre ellos hay grandísimas diferencias e incluso enemistad a muerte. Diferencias desde el equipo de fútbol, los "parches" o del Lleras o del Verona, los cigarrillos mentolados o corrientes, hasta la tapa azul o roja del aguardiente.

La segunda es la vencida. Si teniendo a Sofía de novia, el extraterrestre me impedía ligarla; ahora que tenía potestad en Daniela, la cosa era más sencilla. El modo de juego pasó de medio, a principiante. Paso a paso, mes tras mes, me convertí en su confidente, en su consejero, en ese oído que aguanta cantidades abrumadoras de mierda hablada, solo para recibir migas de adhesión de cuando en cuando. Llamarme amante es muy vanidoso de mi parte. La verdad es que fueron muy pocos los gestos que podríamos llamar besos clandestinos; pero déjenme decirles que los que hubo, duraron lo suficiente para saborear no solo babitas de bombón y guaro, sino también, elixir de pura venganza. Le gustaba. Le gustaba, sí. Pero como algo momentáneo. Como un antojo. Le apetecía como se apetece una bola de helado luego de una satisfactoria cena. Qué digo helado, menos que eso. Le apetecía como unas papitas saladas de vendedor ambulante en un peaje. Como un vaso de agua en la madrugada. Como un aderezo de canela al capuchino por doscientos miserables pesos adicionales. Eso: un aderezo. Un aderezo era yo para Daniela. La gula misma materializada en un tipo que cuando no era gula era amigo. ¿Para qué me engaño? Me fascinaba. Ser el osito de felpa tenía, y tiene, sus ventajas. Y no lo digo por Daniela en específico. Por todas. Por Ella incluso. Es cierto que de aquí para atrás y de aquí para adelante me seguiré quejando a lágrimas mocosas y a grito herido sobre la condena que es residir en la *friendzone* de vitalicio. ¿Qué no debe "honrarse" o, más bien, "rescatarse" el insignificante arco iris que cruza sumiso bajo la tormenta? Bueno, me parece oportuno hacerlo ya.

Porque lo analizo ahora y me refresca un poco; pero antes no le deseaba ni a mi mayor enemigo estar en semejante lugar. A quién engaño, de todas maneras, en el inconsciente, ser el mártir me encanta, nos encanta. Recibir un trasto de cariño.

Enervarse, emputarse, enojarse, indignarse por recibir un solo trasto de cariño. Luego alejarse hasta que la susodicha corra tras el enervado-emputado-enojado-indignado y pida disculpas. Disculpas anexadas, no a uno, sino a un trasto de cariño y medio; anexadas a su vez, quizá, a un regalo material. Volvemos a nuestros cabales. A nuestro papel de amigo. Aceptando con ese papel las reglas que ser amigo conlleva. Un amigo no quita un brasier, lo pone. Un amigo no produce lágrimas, las seca. Un amigo no baila, cuida bolsos. No visita en el cuarto sino en la sala. No tiene citas, solo "sale" o "acompaña". No besa, lo besan. Cada eclipse o cada solsticio o cada pea enorme o cada vez que la amiga lo considere oportuno para satisfacer la gula.

Sabiendo que nadie ha cambiado esas reglas, aceptamos sin presión volver al personaje de extra. Volver a rellenarnos de puta felpa. A ser el osito cariñosito, "amado", abrazado, piropeado. Testigo, oyente y consejero de cuanta mierda, por insignificante o relevante que sea, pueda convertirse en un problema y por consiguiente en una conversación con un solo receptor, con un solo emisor. ¿Por qué no renunciar a eso? ¿Por qué no cambiar de una vez por todas la felpa por dignidad, así esa "valiosísima amistad" se ponga en peligro...? Muy simple: porque preferimos, antes que la nada, poner el brasier, secar las lágrimas, cuidar bolsos, visitar la sala, "salir", "acompañar", ser besado cada eclipse, solsticio, pea enorme o ¡cada jodida escasa vez que se considere oportuno! La amistad nos agobia, pero el vacío nos mataría.

Como cualquier hoguera sin la chispa adecuada, ese encubierto acto de marionetas cachondas no tardó demasiado en extinguirse. Acordamos tácitamente en terminarlo al tiempo que acabó la relación con su novio. Jamás hablamos al respecto, solo de forma paulatina e indiferente fuimos perdiendo contacto. Al parecer lo único que unía aquel delito era el mismo delito, el hecho de ser yo el tercero del triángulo. No obstante, seguimos hablándonos por mera inercia ya no tanto en encuentros casuales en mi casa, tardeando y viendo películas con las cuales trataba de culturizarla un poco; sino, más que todo, de manera virtual. (No alardeo que sea yo el macho erudito, pero al menos trasciendo el primer mísero párrafo de Wikipedia en el que ella estaba estancada). Fulano evolucionó su empleo de psicólogo, doctor, chofer, fotógrafo, mensajero, botones, bufón, hermano, papá, peluche, oído, y hombre, al ámbito cibernético. El chofer por obvias razones no ejerció en la red, ese sí continuó laborando en el Mazda.

Ya casi culminando esta primera parte es inevitable que sus fantasmagóricos destellos se cuelen entre líneas. Antes de dirigirme por entero a ███, quisiera que conozcan la última pieza de este hermoso Frankenstein. Verán, Ella no es una simple persona que se le apareció a Fulano y lo entusó de manera indefinida, Ella es el constructo de idealizadas características tomadas de una cantidad de chicas preliminares. En teoría, podría acabar acá y decir que Daniela la presidió, pero no quiero dejar de hablar de una última dama. Y es que, aunque Mariana no tuvo gran relevancia emocional en este híbrido femíneo (física mucho menos, pues jamás la palpé siquiera), podría decirse que gracias a ella conocí, aprendí y dominé el arte de la ciber-comunicación.

Si quieren un consejo mío acerca de romper el hielo con alguien desconocido que les atrajo, este es sin duda el más apropiado: eviten al absoluto máximo conversaciones por chat, (ya sea por WhatsApp, Facebook, Messenger o cualquier otra red social de la época en que se lea este texto) pues en vez de comunicar personas, las incomunican hasta el punto de construir una barrera indestructible que separa de cualquier contacto medio personal en la vida real. Sobre todo—y resalto esto—cuando quieran conocer a alguien que no está en su vida cotidiana, nunca, jamás hagan el primer contacto de manera virtual.

Suplico que tras lo antepuesto (y lo siguiente) me sigan viendo como el Fulano de antes y no caigan en figuraciones sobre un supuesto ánimo educativo de este discurso. Si bien este segmento es, a manera un poco de manual, evadan recurrir a condenaciones hacia lo que, pensarán, dejó de ser Fulano, y se convirtió en un psicólogo juvenil, o en un experto en fraude cibernético, o en un docente de educación sexual. O cualquier otra pendejada pedagógica encubierta en literatura. Para nada. Si quieren que les diga, desearía primero quemar el manuscrito antes de condenarlo a la sección de autoayuda. Pero bueno, volvamos.

Todos estos medios han permitido la creación de personalidades cibernéticas tan atractivas e injustamente creíbles, que hasta el más imbécil es seducido por una solicitud de amistad. Hermanos míos, más que a pedófilos delirantes y *hackers* empedernidos, témanle con toda su alma, con todo su ser, a una chica hipócrita en línea.

Yo, por supuesto, no me quedé atrás. Como decía, mi gran ilusión virtual se llamó Mariana. La agregué a Facebook sin siquiera conocerla, fascinado por su "personalidad". Como amigos en común tenía a Raúl y a otro par de conocidos, me alivió que no fuesen amigos neas en común pues aunque no simpatizo con ellos, por alguna razón los agregué a Facebook hace años, quizá cuando no se habían transformado. Sus álbumes reunían prometedoras fotografías con aire irreverente que lo veo sexi en cualquier chica. Desde gestos de malicia hasta símbolos soeces con los dedos, destapaban a una mujer con la afrodisiaca cualidad de que le valía mierda el mundo. (Siento volverme tan pedante por indagar tanto en este aspecto, pero esa cualidad, que por desgracia no logro poseer, me obsesiona). Cinco fotos con perros (todos distintos) me hicieron saber su amor por los caninos; prefiero los gatos, pero eso no es relevante. Además de decenas de imágenes con citas y posturas filosóficas que equilibraban su aire de chica rebelde, con un lado profundo, literario e ideológico que daban sentido a su espíritu revolucionario. Solo tres fotos de perfil, ninguna mostrando el rostro completo. O tapaba sus ojos claros, o su boca profanada por un *piercing*, o la mitad de su rostro. Esta última foto me dejó verla gracias al desesperado intento de reflejar el otro lado de su rostro con un trozo de espejo.

—Parce, la verdad es que yo no la veo desde hace años, cuando vivía en Envigado —me confesó Raúl mientras husmeábamos por su perfil amagando el *click* en la barra de chats—. Yo a esa niña la veo muy cambiada, Fula, me acuerdo que era horrible cuando la conocía…es más, creo que era esa a la que le decíamos Wolverine, o una mierda así parecida, porque tenía los meros brazos velludos.

Aunque me dio risa no logré empalmar esa descripción a la beldad que veía en fotos. Es cierto que tenía sus pelitos en los brazos, se notaba en las fotos con su perro, pero al parecer era de las que se depila o de las que (en su caso extremo) se tintura de rubio. Fecha de nacimiento: 12 de octubre de 1997. Le llevo más o menos un año. Institución donde cursó: Marymount. A lo mejor sigue allí pero como Facebook supuestamente no permite menores de edad, ella y el resto de la humanidad, incluyéndome, ponen en la suscripción un año acorde. Ya luego se modifica por el original. *Likes*: páginas estúpidas X que todo el mundo le dio *like* cuando creo su cuenta y jamás volvió a enterarse, Nirvana, Coldplay, Los Beatles, Nuttela, The Notebook, Blink 182, Filosoraptor, páginas de protección de animales, memes literarios, Nike, Adidas, Converse, Pasabordo, memes cinéfilos, Hot Wings, Wikipedia, Didyouknow, Green Day, revista *Rolling Stones*, revista *Semana, Orgullo y prejuicio*, Pringles, *Sentido y sensibilidad, Anna Karenina*.

Ahora viene el arma más letal de todas. Un medio que sí es usado de manera errónea, significaría el suicidio. Apuramos lo que quedaba de cerveza, prendimos un cachito del tamaño de mi meñique y *enter*. Todo comenzó como debe de comenzar, dije «hola» acompañado del emoticón :D, que se traduce en una sonriente cara amarilla. Mariana respondió con un «hola» minimizado a «holi».

Para quien conoce este lenguaje encriptado, diferencia fácilmente una conversación *ping-pong*, de una conversación útil. La conversación *ping-pong*, es la que se guía por una plantilla de preguntas sencillas con respuestas predecibles. Me explico, uno pregunta, el otro responde y pregunta lo mismo, y así hasta que se agoten las preguntas tipo embajada por parte del interesado.
X: ¡Hola!
Y: Hola
X: ¿Cómo estás?
Y: Muy bien ¿y tú?
X: bien, q has hecho?
Y: nada, tú?
X: tampoco nada jaja
Y: (:
X: y q haces?
Y: escuchar música y tú?
X: jaja lo mismo
Y: …mmm

La hipotética conversación de X y de Y continuaría así hasta que a X se le agote el interrogatorio o hasta que Y decida acabar con el *ping-pong* y llegar al deseado objetivo del segundo tipo de conversación. En esta, cada quien tiene su espacio para preguntar, decir, opinar, insultar, piropear y alabar lo que se le venga en gana. Un tipo de química caligráfica que le da paso a esa confianza cibernética dadora de beneficios, como el de compartir *links* (con videos, páginas, imágenes), hasta llegar al uso de la temible video-llamada a la que solo pocos llegan.

Como decía, todo comenzó con un «hola :D» de parte mía y un «holi» de parte de ella. Raúl estaba de acuerdo con que el tema de entrada debía ser el parentesco, por más alejado que estuviese. Ser la amiga de la unidad pasada de un amigo es mejor que nada, ¿no?

Se optó por ese tema a lo que la muy olvidadiza (por conveniencia, a mi parecer), no lo recordaba. Raúl toda la vida ha sido obeso mórbido, ¿cómo carajos no recordar semejante masa andante? Además, claro, de ese nombre poco común. Bueno, no la culpo tampoco. En estos tiempos, que un desconocido te hable, y que para colmo se haga llamar Fulano Pérez, no da mucha confianza, mínimo un viejo verde. Le dije, entonces, que buscara a su antiguo vecino en los contactos, hasta que al fin lo recordó.

Esa noche me quedé en vela hablando con ella hasta casi las tres de la mañana. Cuando Raúl se fue a eso de las doce, la incómoda cortesía y el hielo del ajeno se rompieron al fin. Extrañeza mía que tardase, en teoría, tan poco tiempo en acabar con el majadero interrogatorio de cualquier conversación germinal. Sin advertirlo, estábamos hundidos en temas de exquisitas futilidades. Economía, política, música, cine, comida, carreras vocacionales, historia, sueños, temores, mierda, mierda y mierda. Cachivaches platicados que iban desde el cómo funciona el comunismo porque la sudadera de Fidel es Adidas, hasta lo que significa arrojar el humo del cigarrillo en la cara a alguien. De cómo se sentirá ser negro por un día. De las tan marcadas diferencias entre ser lindo y estar bueno.

Si bien ninguna de sus fotos la mostraba por entero, por empujón automático de don Juan marchito, le dije que me parecía linda. Mariana, en cambio, dedujo por mis patéticas fotos de perfil que "estaba bueno". Me desveló esa extraña coquetería. Según ella, el ser lindo es continuo, constante, equivale a una esencia innata e inalienable, una estética simétrica que no dejará de ser así ni en la situación de peor mutación física. Ni bañado en sudor tras recorrer a trote tres veces la cancha, ni acabado de levantar con la baba y las lagañas reptando en el pijama, ni mucho menos con el mareo, despiste, náuseas y alegría sin sentido de unos tragos encima.

Por el contrario, estar bueno es variable. Uno no está bueno acabado de levantar, almorzando a toda prisa, haciendo ejercicio o estornudando, como sí puede seguir siendo linda una persona en estas circunstancias. Este estado, según Mariana impreso en una que otra de mis fotos, requiere de casualidades tanto fortuitas como provocadas. Es una especie de iluminación cósmica sexi poco o muy duradera. Y es que a la hora de elegir a quién ligar, aunque los lindos tienen clientes permanentes; en el escenario adecuado, quien se lleva el premio es el que está bueno.

Concluyó en que no podía hacer suposiciones apresuradas.

—Hay lindos que se ponen buenos, hay buenos que se ponen lindos, y también hay gente espantosa que es, de alguna extraña manera, fotogénica. No sé, tendría que verte para darte la categoría jejeje =P.

Finalicé la conversación con una contrapropuesta de verla algún día y me despedí con el emoticón sonriente con el que la saludé.

La sensación era rara, la "conocí" hacía menos de doce horas y podía decir, de manera infantil pero sincera, que le tenía más cariño que a varias personas que conozco de toda la vida.

El chat continuó con mayor frecuencia. Todo el santo día pensaba en lo que llegaría a escribirle. No hacía más que recorrer en la imaginación lo único de ella que tenía, sus seiscientas fotos (incluyendo las etiquetadas y las propias) y su tan correcta manera de escribir. Entre las cosas que me alucinaron de ella era esa enfermiza manía por dedicarle benditas milésimas de segundos a las tildes, a las comas, al punto final, al punto seguido y hasta a esos dos puntitos arriba de la u (ni puta idea de cómo se llaman) en palabras como Itagüí o güevón.

—Debemos cuidar la lengua o terminaremos hablando KoMo Ezos inBesiles k pareze qe hamás an aGarado Un dixionario en Jús bidas —comentó con ironía cuando elogié su perfecta ortografía. La mía no es que fuese horrible pero acepto ser de los que opta en chat por minimizar palabras como, q (en vez de que), bn (en vez de bien), dle (en vez de dele), gvón (en vez de güevón o huevón) etc, etc, etc.

El caso es que durante las clases iba recorriendo la conversación de la noche anterior y especulando posibles tópicos para la noche venidera. A la vez que adhería en mi imaginación, alma o lo que fuese, sus más develadoras fotos, cuales fotogramas, formando así pequeños movimientos a los que les adicioné una voz naciente de las brisas y los *inbox*. Al tiempo compré (solo por ella) un Iphone y por consiguiente compré su presencia portable las veinticuatro horas.

La agregué a WhatsApp, aunque no me atreví a llamarla por temor a descubrir que mi celestial voz creada para ella no concordara con la verdadera. Menos que menos nos llegábamos a mandar fotos o mensajes de voz. En la culminación de todas las conversaciones quedábamos en vernos. Varias citas se planearon, pero ninguna pudo darse por motivos siempre de ella.

Al final, luego de que me canceló una salida a comer al Lleras (con dinero que, además, podríamos redimir en licor para aligerar la tensión del primer contacto físico), propuso una idea suicida.

—Fula no puedo ir ='(le dio un preinfarto a mi abuelito y me tocó quedarme en la casa cuidando a mi hermano mientras mis papás están en la clínica. Perdóname, me siento horrible, en serio.

Esa tan usual frustración de que cancelen comenzó a abarcarme las tripas, envié la consabida respuesta:

—Mari, tranqui… lo importante es que tu abuelo se mejore.

Y deseé a ese tal abuelo preinfartado o muerto o jodidamente sano para que le dieran de alta a él y a ella.

Aturdida por mi silencio, mandó la invitación:

—Sabes qué, saltémonos la incomodidad que íbamos a sufrir gran parte de la noche de hoy y hablemos un rato por *videochat*. Así nos conocemos siquiera la voz y el movimiento de los cachetes al hablar, ¿te parece?

¿Qué si me parecía? Jueputa, ahí mismo corrí el *mouse* y *linkié* la antes desechada opción de videollamada de Facebook. A setenta veces el ritmo del *tuuuu…. tuuuuuuuu… tuuuuuuuuu* iba mi corazón en ese momento. Al tercero di cuenta de mi desechable estado físico y corrí al baño de al lado a peinarme y a limpiarme con la toalla las más visibles gotas de sudor. Regresé de un saltó a la silla y en el octavo *tuuuuuu* la lucecita en movimientos circulares se detuvo y una encandilada luz que fundió al instante a negro abarcó la pantalla. En la esquina inferior derecha me veía a mí mismo mirando la pantalla como un reverendo imbécil. Era su mano la que tapaba la cámara, susurré varios *holas* preguntados hasta que respondió tras su zurdo velo. Dijo, en exacto la voz que le imaginé, que la esperara, que estaba espantosa, que llamé muy apresurado, que le diera dos segundos. Quitó la mano y con ultrasónica velocidad bajó la pantalla de su portátil al teclado rosado. Sin duda fueron más de dos segundos pues al fondo, detrás del levísimo eco de sus manos haciéndole un nudo a su pelo, escuché poco más de la mitad de *Lemon Tree*. Esa canción de Fool´s Garden que fue seguro el primer karaoke de muchos.

Isolation, is not good for me / isolation, I don't want to sit on a lemon tree… en definitiva, allí en el tercer coro levantó con cuidado la tapa del portátil, miró su *webcam* y me sacudió la mano derecha en tímido saludo. No era solo su voz, su rostro completo era tal cual el revelado por mi testarudo espejo. *I wonder how / i wonder why / yesterday you told me 'bout the blue, blue sky / and all that i can see is just another lemon tree.* La única variante fue un elemento que, en mi opinión, la embelleció aún más: traía unas gafas gruesas negras del tipo Woody Allen (creo que Ray-Ban) en las que se evidenciaba un leve cansancio de una amena lectura que supongo acababa de hacer.

En efecto, fue esa su primera frase. Estaba leyendo absorta *Juego de tronos,* lo que no solo la apasionaba, sino que también la desarreglaba con efímera fealdad, debía entonces verse más presentable. No le creí lo de que se ponía horrible y reí con absoluto retraimiento. Todos los posibles escenarios de primer contacto que delimité con estricto cuidado en noches pasadas, se disolvieron al instante en partículas diminutas de mierda ilegible e inservible. *I'm turning my head up and down / I'm turning, turning, turning, turning, turning around / and all that I can see is just a yellow lemon tree.* Entré en trance y caí en esa desgraciada conversación *ping-pong* de la que había salido hacía ya meses. Respuestas asquerosamente cortas, suciamente idénticas una de la otra.

—bien ¿y tú?

—bien también.

—aaaaaaaa

—jmmmmm

—¿y cómo sigue tu abuelo?

—bien, creo, no ha llamado mi mamá

—ping... pong

—ping... pong

—ping... pong...

Y entonces predominó el silencio. No el silencio lindo, romántico, etéreo, así como el de Raúl y Sofía en la cafetería. No. Un silencio aturdidor y tortuoso que aniquiló de una sola frecuencia al idealizado encuentro. Por momentos, ella dejaba de mirar hacia los lados buscando evitar la incomodidad, y se ponía a escribir en el teclado. Por sus gestos, lectura e hipócritas sonrisas, podría inferirse que chateaba con quién sabe cuántos tipos más. Con los gastados jajajás sin verdadera risa y los mismos putos emoticones que me envió todo este tiempo.

—Mariana... Mariana —dije para que me escuchara y mirara a los ojos para poder siquiera despedirme con dignidad. Lo hizo a las cuatro Marianas y se despidió cual si fuese la conversación más especial y trascendental de su vida. Entendí que no venía siendo el confidente de esta linda chica, sino que ella era una mujer, más virtual que física, confidente de decenas de personas que la buscaban para desahogar sus reprimidas vidas sociales. Días después, subió una encantadora foto pegadita de un calvo farandulero care malote.

Claro que sí, acertados lectores, me quitaron el término de la boca: otra nea arrebata ensueños. Ermitaña, caritativa, manipuladora o chica de compañía gratis, sería solo hasta allí. No les voy a negar que me gustó muchísimo más, luego de que, como dijo, vi mover sus cachetes cuando hablaba. Entre otras cosas. Sus ojos alquitranados custodiados por esas dos ventanas casi igual de negras y ese rubio oxidado atrapado en un moño indeleble. Mierda, ni el *soundtrack* pudo haber sido mejor. Por desgracia, al igual que en situaciones pasadas (y futuras), Mariana se convirtió en elfa para mí, mientras que para ella Fulano se convirtió en un fulano más.

XVI

"¡No!... No me toques... si lo haces, moriré".
Lolita

¿Sabes cuál es mi momento favorito de cuando nos vemos? El saludo y la despedida. Ambos son el mayor contacto que llegamos a tener. Puede que los veas solo como un bizantino beso en la mejilla, cortés, casual, protocolario, aleatorio, pero no tienes idea de lo esenciales que son para mí ese choque de cachetes, esa fricción tibia, esa microscópica riña de pómulos, que sueño a diario se conviertan, por una casualidad o por un error planeado, en el preludio de un beso robado. Puta mierda. Quisiera tomar el valor de voltear mi cabeza en una despedida y forzarte así, a siquiera verte desde más cerca de lo habitual, desde donde yo pueda leerte los ojos, tú los míos, desnudar tu alma, tus pasiones, tus miedos, iluminar tus oscuridades reprimidas y ensombrecer tus luces aparentes. Y acercándome a tu restringida burbuja donde solo pasan neas de fin de semana, obligarte a despegar tu nariz de la mía con un gesto incómodo, chistoso, asqueado, penoso, perplejo, ilógico, no importa, el que tú quieras. Puta mierda. Obligarte a elegir entre alejarte o quedarte, entre besarme o rechazarme. Juro que si me aceptas seré lo que quieras. Tu novio, tu amante, tu polvo, tu segunda opción, tu tercera opción, tu cuarta opción. Puta mierda. Déjame humillarme. Déjame ser alguien más que tu amigo. Déjame llegar a tu casa cual John Cusack en *Say anything* con una grabadora gigante en mis hombros reproduciendo tu canción favorita. Déjame cantar contigo en un molino rojo. Déjame clavarte adrenalina en el corazón. Déjame embarazarte como a Juno. Déjame bailar *The time of my life*. Déjame tratar de olvidarte y luego arrepentirme como Jim Carrey. Déjame morir y ser el espíritu de Patrick Swayze. Déjame formar contigo un club del desayuno, de poetas muertos, y hasta de la pelea si te da la gana. Déjame caminar contigo por Venecia antes del amanecer, por Paris antes del atardecer y por Grecia antes de la medianoche. Déjame escapar contigo de un *Mississippi en llamas* y en guerra. Puta mierda. Quisiera que fueras mi Bonnie y yo tu Clyde. Mi Patricia Franchini y yo tu Michel Poiccard. Mi Mary-Jane y yo tu Peter. Siendo tú Helena y yo Paris. Tú Scarlett y yo Rhett. Tú Celine, yo Jesse. Mi dama y tu vagabundo. Mi Lady Viola, tu Shakespeare. Tú Sally y yo Jack, tú Sally y yo Harry. Tú Eva, yo Wall-e. Tú tan Bella y yo tan Bestia. Puta mierda. Hoy, como la mayoría de las veces, fuiste ciega ante mis pruebas. Pruebas que siempre pasaste, maldita sea. Pruebas que poco a poco me daban la idea (la tan estúpida, fantástica, ficticia, desquiciada, aturdida, disneydeada idea) de que te gustaba. En esta ocasión opté por un gesto que creerás baldío. Mientras veíamos el partido de Colombia contra Brasil en la casa de Kermit (solo por complacerte a ti y a Raúl, sabes que soy impasible ante el fútbol), había dos sillas disponibles para que te sentaras a ver perder a tu patria 2 a 0, aparte del sofá posición V.I.P que aguantaría cómodamente a Raúl, a Sofía y a ti. En la otra silla estaba Kermit, ya pasadito de cervezas; y en la silla distante. con la peor vista al televisor, estaba yo. No te voy a negar que la silla estuviera grande ni que dejé libre un espacio pequeño, aunque suficiente, solo para que en tu lista de posibilidades incluyeras sentarte conmigo. Lo hice. Dejé una sexta parte de mi culo al aire para que vieras la posibilidad de sentarte a mi lado. ¿Y adivina? Lo hiciste al cabo del sabor de un chicle. Puta mierda. Te sentaste junto a mí de la manera más casual posible y acomodaste tu mano en mi rodilla sucia y raspada (no debí de usar pantaloneta). ¡Felicidades!, pasaste esa prueba. Me dejaste agarrar tu mano y acomodar mis dedos entre tus dedos, me permitiste oír tus blasfemias hacia la defensa colombiana tras el segundo gol brasileño, y hasta dignificaste a mi hombro con tu cabeza cansada y somnolienta. Me forzaste, por enésima ocasión, a aferrarme de forma indeterminada, perpetua, sempiterna, (y demás infelices sinónimos del adjetivo "infinito") a tu espejismo muerto. Recuerdo cuando salimos los dos solos. La vez que estallaste la maldita burbuja. No tenés idea de cuánto planeé esa proposición. ¿Era prudente invitarte al cine? ¿O tan solo ir por un helado? Puta mierda. El reestreno de *Titanic* fue oportuno. Yo sabía cuánto amabas esa película y lo que deseabas verla en pantalla grande, así que me atreví a invitarte.

—Oye… el próximo fin de semana reestrenan *Titanic* en 3D, ¿quieres ir?

Se te iluminaron los ojos, sonreíste y no dudaste un segundo en aceptar:

—¡Ahhh… yo amo esa película! …síí.

Puta mierda. Creé esa semana cientos de escenarios. Esbocé fantasmas de esperanza, escribí innumerables páginas de diálogos posibles (cielos, ¡hablábamos hasta de política en ese guion que nos tracé al viento!). Era ya viernes y no tenía muy claro si cuando te invité lo entendiste como una salida grupal con amigos (como siempre lo hacemos), o sabías con certeza que era de hecho una cita. Aseguré entonces el perímetro, pidiéndole a Raúl que esperara en el centro comercial por si decías algo como: «¿Y viene más gente?». Puta mierda. Puta mierda. No lo hiciste. Yo estaba ya listo para mandarle el mensaje a Raúl y que él viniera a ese parche de solo amigos. Pero no. No te quejaste, no mencionaste nada diferente a tu exasperado deseo por ver una vez más a ese maldito barco hundirse en el fondo del Atlántico, en tercera dimensión esta ocasión. Te invité a la boleta, a unas crispetas grandes y a una Coca-Cola mediana. Insististe en pagar cada una de las anteriores, pero me negué rotundamente como el pseudo caballero que soy. Entramos a la sala, nos pusimos las gafas y hablamos mientras pasaban los *trailers*. Puta mierda. Sentí que ese era el día. Habías terminado con esa nea hacía ya tres semanas, hasta el momento era el periodo más grande en el que estuvieron separados por lo que supuse un rompimiento permanente. No querías saber nada de esa gente. Empezó la película y te confieso que no me generó sino nostalgia. En la escarlata Kate Winslet veía por momentos el recuerdo borroso de Alicia y a la vez te reflejaba a ti. Quizá como en realidad te siento, como el reflejo de un proyector custodiado, como un holograma visible, intangible. ¿Te he dicho cuánto te pareces a Alicia? Cuando el condenado barco comenzó a hundirse, mi mano anduvo impaciente el gigantesco tarro de crispetas e intentó trazar una forma sutil de agarrar tu mano. Se rozaron un par de veces mientras bajaban y subían con palomitas, hasta que tú misma —óyeme bien, tú misma— la agarraste de la misma forma en que lo hiciste hoy mientras veíamos el partido. Puta mierda. Las esperanzas que estaban muertas las reviviste con esa iniciativa. *Its alive!* Me propuse a decirte lo que sentía por ti. ¿Que debía hacer? ¿Declararme o robarte un beso? Me decidí por la segunda, pues con esa se sobreentendería la primera, pero no encontraba la oportunidad. Según Hitch (o sea Will Smith), el hombre debe acercarse el 90% para que la mujer decida, y se mueva el otro 10% que culminaría en el beso. Puta mierda.

—Sigo pensando que Jack podría caber en esa tabla, ¿no crees? —interrumpí la solemnidad de esa escena que hemos visto cientos de veces.

—Jajaja, sí, pero si él no moría no hubiese sido tan romántico. —Me miraste con esos ojos que traduje erróneamente en un «¡Ey! Bésame». Te miré igual y empecé la travesía. 15%... 30%... 45%... 54%... 68%. No te corriste, no te inmutaste. Continué: 74%... 86%... 90%.

—¿No estarás pensando en besarme?

Puta mierda. ¿Qué querías que dijera? Mis nervios se tradujeron en una risita patética y seguro en un sonrojo. Me quedé callado y regresé mi cabeza al espaldar del asiento. No tenía idea de qué decirte y al parecer tú tampoco sabías qué decir. Faltaban como quince minutos para que terminara la película. Juro que fueron los más incómodos de mi vida. Salí de la sala con las gafas de 3D empañadas de angustia. Comenzaste tu discurso.

—Fulano... —Con decir mi nombre ya sabía para dónde ibas, no tenías que continuar, no tenías que hacerlo—. ...Nos conocemos desde hace años y te quiero demasiado, eres como un hermanito... te cuento todo, nos entendemos muy bien. Pero no puedo dejar de verte como un amigo... tú eres mi mejor amigo…

¡Bang! Tengo que confesar que ya me habían dicho eso, y muchas veces. Y duele bastante. Pero lo que sentí esa vez sí sobrepasó cualquier dolor agónico. La metáfora perfecta sería esta: yo soy una res, una vaca, un cerdo, una oveja o el ganado que se te dé la regaladísima gana. El caso es que soy de tu propiedad, y al ser de tu propiedad debo ser registrado. Así que agarras una incandescente placa de hierro que dice *"mejor amigo"* y me marcas el pecho a sangre viva. Tsssss.

—Además tú sabes que a mí me gusta Juanes. —Maldita nea—. Todo lindo me mandó ayer rosas a la casa. Mirá el parrafote tan tierno que me mandó… yo creo que volvemos.

No podías parar de hablar, ¿verdad? Tenías que quedar bien con todo el mundo, tenías que limpiarte las manos, "aclarar las cosas", endulzarme el oído y mandarme temporalmente a la mierda con una sonrisa de imbécil en la cara. Era en verdad fácil conmigo, solo te faltaban ocho palabras para hacerte sentir una heroína, una salvadora.

—…espero esto no afecte para nada nuestra amistad…

¿Sabes a qué me supo esa última frase? ¿De verdad quieres saberlo? Me supo a jodido azufre. A abrazo insípido, a halago forzado, a beso donado. Me supo a la impune hipocresía de un niño. Me supo a aspirina para el SIDA, a pañito para una llaga, a monedas para la miseria. Me supo a Coca-Cola caliente, a cerveza tibia, a pastas frías. A la cobarde lágrima que no salta en tu presencia, que espera la confidente almohada para caer a montones. A un insustancial par de medias como regalo de Navidad. Me supo a una paja rápida y a una fila eterna. Me supo a excelente película muy corta y a pésima película muy larga. A la versión en español de *My way*, al *remake* en inglés de *Abre los ojos*. Me supo a agua con hambre, a pan con sed. A novia en misa, a hermana en fiesta. ¿Sabes a qué me supo? Me supo a puta mierda, a mierda puta, a mierda, y a puta. Me supo a cianuro con chocolate, a chicle sin sabor, a cono de helado desplomado, deshecho, derretido en tu mano. Me supo a ponzoña. Me supo a todo, a poco, a nada. Me supo a poema sublime en epitafio. A sueño machacado, a esperanza cercenada, a ilusión molida. Me supo a humo de porro de amigo, a humo de cigarrillo de tío. Al anochecer de un enfermo terminal, al amanecer de un perpetuo preso. Me supo a Chaplin con voz, a mí sin vos. Al suicida atardecer de un domingo, a la más suicida madrugada de un lunes. Me supo a arsénico. Me supo a alpiste. A palomitas saladas, a gaseosa aguada. Me supo al *Titanic*. A una historia de amor, a una historia sobre el amor. Al mar, a *My heart will go on*. Pero me supo de nuevo a mierda. A un hijueputa *iceberg*, a un infierno helado, a pánico, a dolor, a frío, a muerte. Me supo a ti, al beso que no fue, al rechazo que sí fue, al romance que no será, a la amistad que será. Puta mierda. Puta mierda. Puta   mierda.   Puta   mierda   puta   mierdaputa mierdaputamierdaputamierdaputamierdaputamierdaputamierdaputamierdaputamierd aputamierdaputamierdaputamierdaputamierdaputamierdaputamierdaputamierdaputa mierdaputamierdaputamierdaputamierdaputamierda…

puta mierda puta   mierda puta mierda
puta mierda puta mierda   puta mierda puta mierda
puta mierda puta mierda puta mierda puta mierda puta mierda
puta mierda puta mierda puta mierda puta mierda puta mierda puta
mierda puta mierda puta mierda puta mierda puta mierda puta mierda
puta mierda puta mierda puta mierda puta mierda puta mierda puta mi
erda puta mierda puta mierda puta mierda puta mierda puta mierda puta
mierda puta mierda puta mierda puta mierda puta mierda puta mierda
puta mierda puta mierda puta mierda puta mierda puta mierda puta
mierda puta mierda puta mierda puta mierda puta mierda puta m
ierda puta mierda puta mierda puta mierda puta mierda puta
mierda puta mierda puta mierda puta mierda puta mierd
a puta mierda puta mierda puta mierda puta mier
da puta mierda puta mierda puta mierda p
uta mierda puta mierda puta mierda
puta mierda puta mierda puta
mierda puta mierda puta
puta mierda puta mi
erda puta mierda puta
mierda puta mie
rda puta mi
erda pu
ta m
i

```
                    puta mierda
                puta mierda puta mierda
            puta mierda puta mierda puta
          mierda puta mierda puta mierda
        puta mierda puta mierda puta
          mierda puta mierda puta mierda
        puta mierda puta mierda puta
      mierda puta mierda puta mierda puta
        mierda puta mierda puta mierda
      puta mierda puta
          mierda puta mierda puta
            mierda puta
              mierda puta
                puta mierda puta
                mierda puta
                  puta mierda
                  puta mierda
                    puta mierda puta mi
              erda puta mierda puta
                mierda puta mie
                rda puta mi
                erda pu
                ta m
                i
```

En este momento me despido del lector orgulloso, impaciente, aristócrata y obsesivo por historias con perdices y sin pecado, quien estará a punto de estancarse en esta página, de cerrar de manera indefinida este libro y de condenarlo a ser vecino de otro infortunado título en ese estante maldito donde yace exiliado quizá *Cien años de soledad* junto con *La Biblia*. No lo culpo. Total, el tolerante, curioso, morboso, desocupado y demente lector que continúe con la segunda parte, verá aislado su protagonismo en esta tragedia pues ya no puedo evitar dirigirme solo a mi lectora estrella. Le ruego no piense mal de mí, implícito y leal lector, no lo abandonaré por completo, pero déjeme recordarle la única razón de este texto. Si lo hace sentir mejor, véase como el objetivo comercial por el que esto llegará a Ella. Es por usted que será publicado, pero es para Ella que será publicado.

Su nombre: Ana (y excúsame si lanzo con osadía tu nombre al alba). Fortuna tuya y mía, que ese nombre de apenas tres letras siga siendo tan trivial entre las masas. Dicha el poder disfrutar casi a diario, hasta por boca de malhablados, la tonalidad preciosa, personal, secreta, encriptada, codificada, de dos sílabas magníficas que a ningún otro mortal en la faz del tiempo y la historia deleitaría como me encandila a mí. Me pregunto lo que sería del mundo si pudiesen saber cuántos lirios florecen al conjurar "A" y "Na". ¿Es tanta la fuerza de tu nombre, que ni la más burda, profana combinación le quitaría gracia? Ni el María, ni el Paulina, ni siquiera el

Marcela después del Ana, logran robarte crédito alguno. Con cierta frecuencia mis oídos se aturden por la sorpresiva mención de "Ana". Lo oigo en la calle, en el colegio, incluso en mi salón. Su cotidianidad esconde una toxina que me afecta solo a mí. Basta practicar esa bisílaba para convertirse en un fonético profesional. Lo hago a menudo, anoto tu nombre en cada vidriera empañada, sucia o mojada que me da la oportunidad. Es curioso cómo puede arrullarme y arrollarme a la vez, el tener que escuchar tu nombre, el tener que leer tu nombre, el tener que decir tu nombre, el tener que escribir tu nombre. Estoy seguro que si estuviese, aparte de ciego de amor, ciego de vista, tocar tu nombre en Braille me mataría punto por punto.

"Ana, luz de mi vida, fuego de mis entrañas. Pecado mío, alma mía. A-na: la punta de la lengua emprende un corto salto, impulsado desde el inciso inferior, roza a fugacidad el paladar hasta acariciar los dientes superiores y caer de nuevo. A.Na. Era Ana, sencillamente Ana, por la mañana, un metro sesenta y cuatro con Converse negros. Era Ana en shorts. Era Ana en el colegio. Era Ana cuando firmaba. Pero en mis brazos hubiese sido siempre Ana".

No fue gratis escoger el poema de Nabokov como la base del tuyo, que, aunque vago, insensato y satirizado sin pavor del original, no deja de reflejar aquella analogía que dije antes. Que no renuncia a bofetearme la cara y a inundar este papel de tachones, de lágrimas bipolares y de olor a hierba sofocada por los días calurosos que se escondió entre mis bóxeres.

Eres la Lolita que solo pudo existir por una primera. Por Alicia, a quien llegaste a conocer por este mismo medio y a quien le debes tu propia esencia pues sin ella no eres nadie. Sin ese *flashback* de alicorada noche errante aún archivada en un par de neuronas, quizá eres la insípida pelirroja que el resto del mundo ve. Gracias a Alicia, a unas cuantas pepas, a tu impalpable holograma y al cine mismo, serás condenadamente famosa, maldita ladrona de almas. Entre los presentes y futuros desvalidos segundos platos, tu nombre será inmortalizado. Será el referente inmediato de tu palabra favorita. Si Celestina es alcahuetería, si María es pureza, si Amélie es bondad, si Venus es divinidad, si Helena es discordia, si Lolita es nínfula, Ana será *friendzone*.

Porque reptas sobre prejuicios al ser cascabel. Porque eres preciosa, malvada y angelical, musa y espiración. Perdición, salvación, alivio y hecatombe. Las siete maravillas, los siete artes y las siete plagas. Porque muero de ti y eres muerte. Porque eres sencilla y complejamente, tú, valga la redundancia.

Segunda Parte

"...y morirme contigo si te matas,
y matarme contigo si te mueres,
porque el amor cuando no muere mata,
porque amores que matan nunca mueren".
Joaquín Sabina

40

Eres una menta en la factura.

Eres la sal del arroz.

Eres el asiento en el pasillo.

Eres el lado fresco de la almohada.

Eres la mantequilla de la tostada.

Eres todos los poemas que se han titulado "Eres".

Eres el prólogo de un poemario y el epílogo del estornudo.

Eres la uña para la piquiña.

Eres la parte de atrás de los cuadernos aburridos.

Eres café de alba, cerveza al mediodía y vino con menguante.

Eres dulce y cuando no lo eres tú, eres el agua para el empalague.

Eres la rima que deberían tener estos versos.

Eres la campana de salida, eres el tercer timbre de entrada.

Eres toalla, eres cobija.

Eres un paraguas con rendijas para los amantes de la lluvia.

Eres caminar descalzo en la grama.

Eres el papelito en el examen, el *wifi* gratis.

Eres el bolso liviano y la billetera pesada.

Eres una *pizza* inesperada en la nevera a las nueve de la mañana.

39

Dicen que antes de morir tu vida es proyectada delante de ti, en segundos revives lo más relevante de tu existencia a punta de *flashbacks* fugaces hasta que… ¡Plap! Te vas. Supongo que lo mismo ocurre antes de olvidar por completo a una persona y mandarla (mentalmente) a la mierda. De atrás para adelante, de adelante para atrás, quién sabe, pasa el minidocumental de la relación. Con la diferencia, presumo, que al tratarse de una chica, por corto que haya sido el contacto con respecto a la misma vida total, la proyección será a cámara lenta. Si a puertas de la muerte la vida se ve en un mero pestañeo, a puertas del olvido, el recuerdo debe ser lento, verdugo y atestado de insoportables detalles. Aún así, no puedo ser dogmático a esta tesis. Sacar a la pelirroja de Mendoza costó unos tantos clavos femeninos que en ocasiones la llegaron a clavar más. Llegaste tú y sin duda, la vida no solo dejó de ser insufrible, sino que además adquirió tonalidades pasteles desconocidas hasta el momento por mis ignorantes pupilas. Aunque sería mentira decir que la mandé mentalmente a la mierda pues no se ha borrado del todo. La teoría es débil, pero me aferro a ella con todas mis fuerzas. Con vos quiero hacer el intento. Debo hacer el intento, porque de lo contrario la frustración puede disipar del todo mis cabales. No exageraría si tras el posible fiasco de este último intento, me mato. Le daré una mano a mi psiquis y también un ultimátum. Pongámoslo así entonces: si no te mato, me mato. Nadie quiere eso, ¿verdad? Hasta tú quieres que te mate.

38

De niño odiaba con cólera cualquier tipo de cuenta regresiva. Desde la venida del nuevo año hasta el despegue de un transbordador. La inminencia descomunal de cada número que preside a otro y otro y otro hasta alcanzar al nulo, me contagiaba de patética angustia y solo me abstenía de llorar a chorros por pura pena. Las odiaba a tal punto de pedirle a quien la hacía, que adelantara lo que debía de hacer, en algún lugar antes del punto cero. Y si yo la hacía, procuraba siempre detonar, lanzar, chuzar, tragar, o hacer lo que sea que estaba obligado a hacer y no quería, antes de llegar a cinco. Esta vez no puedo darme ese lujo. Con cosas tan serias en juego debo seguir el orden ortodoxo, finalizar en cero y, allí, decidir quién se mata.

37

Teoría del caos. Era el día veintiuno del décimo mes de un año habitual. Fulano cumpliría en una semana el tercer aniversario de la pérdida prematura de su virginidad. Lo celebraría, quizá, volviendo a ver *El lado oscuro del corazón* mientras devora un paquete de Doritos o, si la débil moral le daba, aceptaría el regalo de Raúl, de una puta escarlata con carné de salud y certificación de que no tenía SIDA, herpes o tendencia crónica a irse sin despedirse en la mañana.

Mientras tanto, a doscientos kilómetros de él, en una ciudad olvidada, una chica, de pelo moreno como la brea, buscaba una salida rebelde que la apartase del bélico ambiente familiar por el que pasaba. Al parecer el divorcio de sus padres era tan inminente como sus malas calificaciones y debía tomar la decisión más importante que había tenido que hacer desde aquel dilema con los dos posibles vestidos para su fiesta de quince. ¿Su papá o su mamá? Pregunta que significaría otras dos: ¿escuela privada o pública? ¿Financiación paternal o cariño maternal? La indecisión la llevó entonces a cometer el primer error de esa fatal cadena. La primera centella que prendería la mecha de una dinamita que, a su vez, activaría más tarde una bomba atómica. En un acto estúpido de insurrección, imitando a cualquier otra niña con problemas tercermundistas, Ana se refugió en su vanidad y optó por ir a escondidas a la peluquería más cercana a su casa. Unas uñas pintadas la ayudarían a pensar. Al llegar, un tipo que alguna vez fue heterosexual, le recomendó un corte. Ella fue más allá y pidió que le hicieran algo que usualmente no aceptarían en su casa. «Me voy a tinturar el pelo», decidió a ciegas, con el único ánimo de llamar la atención, cuando no sabía ni siquiera qué color le quedaba bien.

Segundo error: el marica peluquero, que de hecho no tenía que trabajar ese día, pero aceptó el turno para que su compañera que sí debía hacerlo pudiese ir al nacimiento de su sobrino, tenía una admiración enfermiza con Julianne Moore. La obsesión venía al parecer del personaje de Clarice (interpretado en la primera película por Jodie Foster) detective del FBI de quien se enamoró uno de los villanos mejor logrados del cine, Dr. Hannibal Lecter. Como sabrán, a

Clarice la interpretó en la segunda película la mencionada actriz pelirroja pues Foster se negó a hacer una secuela. La ironía es que resultó ser bastante parecida a la difunta madre del afeminado peluquero que era (más irónico aun) funcionaria de la fiscalía (o sea el FBI colombiano, pero con menos eficiencia). Y que además fue asesinada por un psicópata tiempo atrás.

Aunque lo dijese por lo que él pensaba era una simple opinión estética, el desacertado fígaro le recomendó a Ana tinturarse de rojo escarlata gracias a una cadena de dominó que solo leía su inconsciente. Así pues, si el nacimiento del sobrino de la peluquera se hubiese pospuesto o adelantado un día, o si el reemplazo de ella no fuera el marica, o si la madre del marica no hubiese sido asesinada, o si fue asesinada no hubiese sido por un psicópata, o no hubiese sido pelirroja, o tuviese cualquier otro empleo. O si Jodie Foster hubiese interpretado a Clarice por segunda vez y no haya sido reemplazada por Julianne Moore, Ana se hubiera pintado el cabello de cualquier otro maldito color existente.

Si una, tan solo una de las acciones pasadas hubiera variado, a lo mejor ni siquiera estuviesen leyéndome. Pero, claro, su capacidad de decisión era tan débil que cualquier homosexual perturbado podría influenciarla. Su pelo de brea fue desteñido y murió allí su pseudo pasado. Ana, la insípida Ana. La de los retenedores incrustados en babas y la de la sudadera Adidas. La lectora de revistas de chismes y la coleccionista de labiales rosa. La que decía amar a Los Beatles sin tener idea de cómo se llamaba el que no era John Lennon, ni Paul McCartney, ni Ringo Starr. La fan número uno de *Twilight* sin haberse leído un solo libro. La admiradora de Audrey Hepburn sin verse una sola de sus películas. La de pies sucios, la de mente limpia. La de barriguita de Nutella y la de senos de picadura de mosquito. La que escucha solo lo que lidere la lista de YouTube. La *princess*, la potencial grilla, la de sueños de Barbie, la mimada, la del montón, la simple, la fucsia. Esa Ana, la común, la que cualquiera esperaría y toleraría, se fue para siempre por ese ducto oxidado junto con la negra brea que coloreaba su pelo.

En casa la esperaba una maleta con sus pertenencias básicas. Cinco pares de Converse. Un portátil superviviente de tres caídas. Un Chanel. Un peluche de Mike Wazowski mordido por bebés, perros y otras especies desconocidas. Una cámara Canon de baja gama. Unas Ray-Ban. Labiales, pintauñas, maquillaje soluble. Ropa en general.

Aunque hubiesen decidido por ella, Ana resolvió, desde la peluquería, irse con su papá. Se sintió bien pues no hirió los sentimientos de su madre y aun así logró su codiciosa intención. Quién diría que mientras Ana empacaba en su maleta el pequeño retrato de Audrey Hepburn (a quien "¡adoraba!") interpretando a Holly Golightly en *Breakfast at Tiffany's*, (aunque ignorara por completo quién carajos era esa fumadora elegante), estaría empacando el arquetipo neoyorkino de su misma naturaleza "semi". Esos semi sueños, semi anhelos y semi deseos, sembrados por su semi sociedad semi latina, hicieron a Ana semi querer ser todo, abarcar semi pedacitos de todo y obtener finalmente la semi apariencia de todo. Si bien ya se había disuelto en agua su cadáver plástico y una semilla de aceptable apetito intelectual germinó en algún lugar de su ser, el fantasma de ambición mediocre se rehusaba a morir.

Así entonces quien viajaría a Medellín seria la Ana semi cantante, semi actriz, semi ingeniera, semi chistosa, semi seria, semi madura, semi inmadura, semi pianista, semi historiadora, semi escritora, semi deportista, semi pintora, semi filósofa, semi rockera, semi *hippie*, semi comunista, semi capitalista, semi atea, semi devota, semi ecologista, semi nihilista. Todas contenidas en cincuenta kilos, todas deseando trascender, ninguna de profunda intensidad.

36

A las 2:30 de la tarde, más o menos a la hora en la que Ana empacaba el retrato de Audrey, Fulano, a quién sabe cuántos kilómetros (sin pavimentar) de la ciudad de Ana, sobrevivía una tediosa clase de química. Por su cabeza no pasaba ni la inentendible explicación del profesor sobre ion electrón (oída por él en algo parecido a idioma Klingon), ni mucho menos el mínimo presagio de cuán cagada estaría su vida en seis meses. Pensaba, en cambio, en las mil y una trivialidades que se piensan faltando media hora para salir de clase como receta efectiva a la pereza, al sueño, al hambre, y a la insoportable confusión de ese tema que no le interesa a nadie y en el que uno se pierde más que grilla viendo *Donnie Darko*.

A las 3:04 p.m. (mientras la chica foránea en medio de su metamorfosis andaba en plan telefónico de despedida con sus amigas menos íntimas) Fulano y Raúl caminaban a sus respectivas casas por la ruta habitual. Aunque dieran siempre el mismo trayecto colegio-acera-semáforo-dos cuadras-bomba Texaco-casa Raúl-Subway-casa Fulano, en está ocasión y a lo largo de los siguientes cuatro días, el tiempo de llegada a casa de Raúl y, como destino final, a casa de Fulano, variaría respectivamente, de 3:20 y 3:24, a 3:22 y 3:26. Dos minutos de retraso debido a un ligero cambio de la velocidad de la caminata.

Un mes y cinco días antes, Raúl estaba siendo premiado por ciento cuatro semanas de noviazgo. En teoría serían noventa y dos semanas legales, seguidas por un intermedio de tres largos meses que terminaron; pero, como toda pareja que alardea números, contaron ese lapso. El codiciado premio: una noche entera con Sofía; a quien podía hacerle de todo, menos desvirgarla. La casa de ella estaba disponible pues sus papás salieron de viaje convencidos de que la travesura más extrema de su angelical hija sería una inocente pijamada con Cami, Lala, Nati y, si acaso, si daba la suficiente lastima para invitarla, la niña twingo.

La coartada de Raúl fue la de siempre: maratón de películas en la casa de Fulano. Esta vez, según le explicó a su mamá sería de todas las adaptaciones de *Batman*. Desde la primera de 1966, luego las de Tim Burton de 1989 y 1992, pasando por la tan infantil de 1995, hasta la maricada con Robin (y George Clooney como Batman) de 1997, que fue la peor de todas, para culminar con la trilogía de este siglo dirigida por Christopher Nolan, quien salvó y redimió al murciélago. Prometedor plan el de desvelarse viendo cómo se pasó de la endeble telita gris, al indestructible traje con fibras de Kevlar, fibras de titanio, látex, armaduras, tecnología y armas (blancas y de fuego) por todo lado. Pero la maratón podía esperar.

El gordo asistió a tiempo. En resumen, pasó en efecto todo menos la penetrada. Se quemaron los labios, se deslizaron a ciegas por las paredes, profanaron la cama matrimonial. Raúl sació su fetichismo chupando las medianas, pero perfectamente distribuidas, teticas de Sofía. Experimentaron (con ropa) todas las posiciones habidas y por haber, y se masturbaron entre los dos. El muy burdo movía su dedo dentro de ella como tocando el timbre de su casa, a lo que la

Amélie criolla iba más allá del "arriba abajo arriba abajo", y lo complacía en todas las direcciones. Antes de dormirse, se bañaron juntos. Él de bóxeres y ella de bragas por cierto estúpido pudor de ducha.

Como sea, en medio del anterior frenesí salvaje, cuando recorrieron a punta de besuqueadas la casa por los muros, la espalda de uno de los dos abrió sin intención una ventana diagonal a la habitación. En realidad nunca se dieron cuenta, pero la verdadera razón de ese frío a las 4:32 a.m. era la susodicha ventana que le permitió la entrada, sin escrúpulo alguno, al sereno nocturno. Aunque Raúl conservaba a la perfección su termostato gracias a su generosa masa muscular de panda, Sofía no tardó mucho en quejarse a leves escalofríos de esa desconocida brisa de aire. Se acercó al tremendo invernadero que tenía por novio y enroscó sus pies con los de él. Friccionó un poco los dedos de los cuatro pies dándose cuenta que era imposible que los pies de dos personas pudiesen hacer la misma maniobra íntima que dos manos son capaces de hacer al introducirse en el intermedio de la otra. El efectivo encadenamiento romántico es propio solo de las manos. Aquello no la frustró demasiado ni le despertó envidia alguna hacia los simios que de hecho sí pueden hacerlo, ya había recobrado el calor que necesitaba. Sin embargo, entre ese fallido intento de encadenar los pies, notó cierto volumen extraño en el meñique derecho de Raúl. No le dio asco ni fastidio, pero no evitó formular, por un segundo, una que otra hipótesis sobre lo que sería ese bultico fuera de lugar. *Nada importante*, pensó. En definitiva, el sueño mató a la intriga y Sofía se durmió.

Ya en la mañana ambos descubrieron no solo lo enamorados que estaban, sino también, ese extraño bultico palpado por Sofía. Para ellos, se parecía a un tumor. Y como para nosotros los latinos, tumor es sinónimo de cáncer, y cáncer sinónimo de muerte, Raúl corrió a hacerse revisar. Y sí, sí era cáncer. Cáncer de la uña del meñique. El más inofensivo, dijo el médico. Como era de esperarse, la palabra cáncer le hizo cagarse del susto, pero, como es usual en nuestra cultura de pajazos mentales, se convenció de no tener nada. Ya operado (con anestesia local, sin tener siquiera que dormirlo) fue incapacitado dos días. Al ser fin de semana no perdió ninguna clase, lo que le indignó un poco. Indignación aplacada al enterarse de no poder hacer educación física y, por consiguiente, no tener que hacer el temido Test de Cooper. Para el dolor le mandaron un antibiótico y debía cambiarse a diario la venda que recubría el dedo meñique donde fue extirpada la uña cancerosa. Si bien era necesaria la chancla solo en el pie derecho, Raúl optó por ponerse también la del izquierdo para evitar verse más mañé de lo que ya se veía con una chancla, un zapato café, un pantalón gris y una camisa de cuello con el escudo gigantesco del colegio.

El retraso de dos minutos fue entonces debido al paso de Raúl frenado por la leve molestia de la venda, y también, por la conversación poco trascendental entre él y Fulano.

—Córtate ya ese bozo, Fulano. Empezás a parecerte a un albañil.

—¡¿Vamos a ponernos elitistas, chanclas de empleada?!

—Sí... hablá más duro. Gritáselo al mundo cual verdulero si querés.

—Puto hawaiano obeso, a este paso tuyo de paletero no vamos a llegar nunca.

No era la primera vez ni mucho menos sería la última. Su ilimitado repertorio de estereotipos ofende, desde al asiático por el supuesto pene diminuto, hasta al negro por su fama de esclavo.

Políticamente incorrecto o no, nadie los haría expresarse diferente. La mamá de Raúl siempre tendrá tono de secretaria contestando el teléfono. Todo calvo está haciendo quimioterapia. La Pilsen es de obrero. Todo gamín es sacolero. El César jamás dejará de vestirse como siciliano mafioso, con sombrero franksinatraliano y un pañuelo rojo dentro del saco Corleone. Todo árabe es terrorista (o millonario jeque que quiere intercambiar mujeres por camellos). Todo peruano, boliviano, es indio. Toda nea es un ignorante. Toda grilla es una ignorante (y una puta).

35

"El amor es la más negra de todas las pestes.
Si se muriera de amor, habría alegría. Pero casi siempre pasa".
El séptimo sello

34

En Medellín habrá más de trescientos colegios. El motivo por el cual el papá de Ana elegiría para su hija el mismo colegio de Fulano, no podemos atribuírselo a un propósito cósmico sino más bien a un accidental desliz propio de la entropía. Entre los contados contactos en la ciudad, Mauricio tenía un excompañero de trabajo con las hijas en ese colegio. Volviendo a la teoría del caos y los pequeños detalles dominós de la catástrofe, es evidente que si Claudia, la madre de Ana, fuese la que tuviese en sus manos la decisión del futuro académico de su hija, se pasaría catalogando un buen tiempo los más prestigiosos colegios de la ciudad hasta sortear, no sé, el Columbus, el Alemán o el Montessori. Cualquier maldita institución estrato mil, menos la de Fulano. Pero no, Mauro, por mero instinto simplista, contactó a su amigo y a los tres días de llegar a la ciudad ya tenían una cita con el rector.

Es chistoso porque, a diferencia de lo que los dos creen, la primera vez que se vieron en la vida fue de hecho el día de la cita. Debido al retraso de dos minutos, Raúl y Fulano quedaron varios minutos esperando pasar la calle de la penúltima cuadra antes de llegar a la casa del gordo pues un pequeño accidente entre una moto y un bus, ocurrido veinte minutos antes, había creado un atasco colosal que, apenas cuando pasaban, fue atendido por un funcionario del tránsito, y por consiguiente, agilizó el tráfico, impidiendo que pasasen de inmediato.

El motorista, que debía entregar un domicilio, salió tarde del restaurante porque se quedó viendo el final de un capítulo de una novela mexicana que pasaban a esa hora. Tratando de alcanzar al retraso de quince minutos, aceleró el doble pensando que era lo más conveniente; pues de lo contrario, de acuerdo a la política del restaurante, el pedido le quedaba gratis al cliente y a él le correspondería pagar por su cuenta. El busero de transporte público no era tampoco un gran ejemplo de prudencia; aunque no sobrepasó la velocidad, dejó montar a tanta gente al bus que perdió la visibilidad del vidrio trasero debido a que varios pasajeros iban parados. Entre ellos un vendedor de dulces, de esos que piden el favor de subir sin cargo para echar su discurso en uno, dos minutos y recoger plata. Fue, incluso, en medio de ese discurso que se efectuó el choque.

«Primero que todo muy buenas tardes damas y caballeros. Como pueden observar con el permiso del señor conductor les estoy entregando este delicioso dulce llamado Trululú. No tiene valor, usted se lo pone. Con lo que me puedan colaborar, Dios les pague». Cuando entregaba —por poco a la fuerza— el dulce en el antepenúltimo puesto de la derecha, un estruendo seco se escuchó detrás. Era el motorista, que no alcanzó a frenar del todo cuando el bus se detuvo por un semáforo en rojo. El golpe no fue importante en realidad, y le costó solo ciertos raspones al motorista. Pero el lugar en el que se efectuó fue de tal estrategia, que a siete cuadras se divisaba el trancón.

En el tercer escalón de ineptitud tenemos al oficial de tránsito; quien, por simple despiste, pasó minutos buscando la dirección del accidente. Cuando llegó, tomó las respectivas fotografías y mandó a orillar a los implicados para dar paso a la ola de carros. Entre ellos estaba el taxi en el que iban Ana y su papá. El taxista, que también andaba buscando la dirección de manera ocular pues su GPS se lo había averiado su nieto jugando, anduvo lento por la calle en la que estaban esperando pasar Fulano y Raúl. Entonces, allí, en esa esquina, ambos se vieron de manera indirecta. Ana fijó sus ojos en Fulano solo por ver el uniforme que le tocaría usar por el resto de su vida escolar. Fulano fijó sus ojos, no en Ana, sino en el taxi marca Hyundai que le resultaba bastante lujoso para un taxi. El embotellamiento pasó, el taxi encontró el colegio cuadras después y el gordo y el flaco lograron cruzar la calle en medio de un pequeño intermedio de vía despejada.

Es usual que para un estudiante nuevo que llega en una época atípica de ingreso académico, se le pida que repita el año que estaba cursando, desde el año siguiente. Ana cursaba en Manizales décimo, lo que la obligaría a repetirlo en enero. Pero gracias al contacto de Mauricio, que no solo movió influencias para que le subieran el puntaje del examen de admisión, sino que también palanqueó para hacer la excepción, la aparente pelirroja entró a décimo el resto del año para cursar los dos meses faltantes, pasar a once y al final graduarse allí.

33

(Salto del sujeto y del receptor)

Ese jueves de octubre ya estaba decidido a aceptar el regalo de Raúl. Con trastos de revistas y fragmentos de películas le traté de dibujar a Alicia para que pudiera conseguir siquiera a la puta menos diferente a ella. La verdad, lo hacíamos más por curiosidad que por mera voracidad de putear cual El César en un mal día. Fue en la noche a mi casa y navegamos por todos los catálogos de la primera página de Google con la frase: *"prepagos Medellín pelirroja argentina"*. El buscador alcanzó, como mucho, dos características, o prepago pelirroja, o argentina pelirroja, o argentina prepago, o prepago en Medellín. Ya resignados a no encontrar el cuarteto anhelado, quedamos en ir al otro día a pie y buscar con expectativas bajas.

—Así me toque secuestrar a esa vieja y meterla en la trata de blancas, usted picha mañana de mi cuenta —animó un poco Raúl mi usual despecho anual.

Y entonces, ese viernes veintiocho de octubre llegaste de improviso a mi vida. Debo confesar que el día había empezado fatal. Aparte de que me levanté tarde, se quemó la tostada y casi me deja la buseta, la idea de ir de cacería de prostitutas esa noche me inquietaba la moral conservadora que tenía calándome la boca del estómago. Al llegar (tarde) al salón, una explicación de Geometría me esperaba con vaselina y mantequilla: Demostrar que el paralelogramo A es congruente con el paralelogramo B. Ángulo pi es semejante con el ángulo alfa por correspondientes. Lado CD es igual al lado CD por identidad. Mierda mierda mierda. Un serafín tocó la puerta de sorpresa, la directora de grupo se le adelantó, interrumpió a la profe de geo e hizo pasar al serafín. Cuando te presentaron frente a todo el grupo se le olvidó decir a esa vieja que venías junto con el cometa Halley y que, a diferencia de él, no pasarías de lado por la Tierra, sino que te bajarías a saludar y a aplastar una que otra vida inocente. Se le olvidó también decir que solo te gustaban las papas fritas dentro de la hamburguesa, arriba de la carne, debajo de la lechuga. Además de tu extraña manía de quedarte viendo los aviones, sin ninguna razón, hasta que se perdieran en las nubes. Ana. Lugar de nacimiento: Medellín, pero de chiquita te fuiste a Manizales. Edad: 16 años, en diciembre cumplías los 17. Seguro médico: Coomeva plata, eras oro, pero debido a la recesión no se podían dar ese lujo; de cualquier forma, no te enfermas muy seguido y cuando lo haces, casi siempre son bobadas que cubre esa póliza.

Tu sonrisa denotaba nervios y tus ojos seguridad. Maldito sea Posada que justo ese día no vino y dejó el puesto libre, que en distancia era el más alejado al mío, en el que vos te sentaste. Un morralcito, color mocachino de broche plateado, curveaba, del peso, levemente tu espalda. Te despojaste de la carga y restauraste tu postura. La clase continuó, sacaste un cuaderno cuadriculado y con fingido interés comenzaste a copiar todo lo que veías en el tablero. Agraciada sumisión de niña nueva que a pesar de su desprecio por los números trata de hacer las paces con ellos. El distraído de Raúl, a un puesto diagonal al mío, no captaba con la más mínima sagacidad la situación. O era él imbécil o era yo paranoico. Acababa de entrar la mismísima Alicia. ¿Comprendes acaso? Procesar todos los datos de campo que te hacía ciudadana colombiana con nombre Ana, me costó meses. De manera literal eras nueva. De manera lírica, sin embargo, te conocía de hace siglos.

32

—¡¿Fulano?! Nah, jájájájá, no te creo.

—Te lo juro… mirá mi carné del colegio.

—Lo peor es que me gusta. Es como tan general que se torna muy especial.

—Qué puedo decir, tengo un cromosoma de más… pensé que pasaría desapercibido.

—¡Oye!... no juegues con eso, tengo un primo retrasado.

—Ah, mierda, perdóname… solo salió como comentario estúpido. No tengo nada contra ellos.

—¡Caíste! No tengo primos, te estaba jodiendo. Pero no seas tan cruel.

—Jájájájá, cruel, no, los envidio de hecho. *Rain Man*, por ejemplo, estaría ganando trigonometría a diferencia de mí.

31

El chiste de *Rain Man* lo lancé sin esperanzas, sabiendo lo poco probable que te hayas visto la película. Estaba preparado para dar una explicación y relatar una leve sinopsis acerca de esta. Pero no. Contrario a tu primer *jajajá* desalentado, te pusiste a reír de verdad, rozando una carcajada bastante melodiosa, si se le pregunta a cualquier músico de profesión. Pasaste tu dedo por las pestañas para agarrar una lágrima que estaba a punto de saltar y comentaste la genial actuación de Dustin Hoffman. Esa afinidad inesperada fue lo que en esencia me motivó a ofrecerte el *tour* por el colegio. Con Raúl y Sofía pasamos el primer descanso recorriendo los pasillos cuales periodistas de guerra; y en el almuerzo, enumeramos tú y yo las cochinas opciones en un *top* de comida tóxica en la que quedó de número uno, sin competencia alguna, el grasiento y recalentado pastel de pollo de dos días que nos acechaba desde la vitrina. Optamos al fin por aguantar hambre las horas que faltaban e ir después del colegio al Subway que quedaba ahí cerca. El plan te gustó. La afinidad iba cada vez más en ascendencia. Variamos un poco en el pan del sándwich, (integral para ti, parmesano para mí) y en las salsas (solo mostaza dulce para ti, para mí todas, incluyendo chipotle, menos la de piña que detesto). Pero, en general, parecíamos llevarnos bien. Declaro que le hubiera echado cebolla a mi Subway pero temí por mi aliento. Terminamos de comer, y tu papá llegó por ti con urgencia para hacer quién sabe qué vuelta. Lo que te forzó a despedirte acelerada, y a lo lejos, con una sonrisa sin dientes y la muñeca agitada.

30

Como habrás intuido ya, me fue imposible irme de putas esa noche. Aunque estaba decidido, aunque hice la travesía, y aunque incluso entrevisté a una, el contrato en sí no se hizo. Raúl me citó en el Lleras con una tal Iris. Si la vieses de lejos pensarías que era, antes que puta, una estudiante de publicidad. Lo cierto es que hasta linda estaba. El pelo anaranjado le combinaba, de manera extraña pero ornamental, con su pronunciado labio superior pintado de labial rojo sangre. Se pidió una margarita (estoy seguro que a petición de Raúl para ambientar la mentira) y me pidió un mojito (por lo mismo, supongo… la casualidad era tan bizarra que no podía ser verdad). Cuando el gordo se fue y ella ya empezaba a mandar indirectas sobre irnos a algún lado "más silencioso", no pude más. Llamé de inmediato a Raúl y le pedí que le pagara, que qué pena pero que no podía hacerlo. Obvio era por vos. En el momento no lo sabía, le eché la culpa a mi moral y no a tu morral, como debía de ser. A Iris le valió mierda y se fue con sus cuarenta mil pesos satisfecha. Casi no negociamos con esa hija de puta puta para que no la cobrase completa, pero al fin accedió. Salimos del bar medio apenados. El gordo, más que triste, frustrado por ver su bolsillo derrochado de tal forma. Lo invité a comerse un perro caliente y a unas cervezas. Ya desde ahí comencé a planear la primera invitada a salir. La cual, al miércoles, cuando me pareció oportuno hacerla por ser mitad de semana, la aceptaste con amabilidad.

29

¿Sabías que las estrellas, ahí donde las vemos, la mayoría ya están muertas? Lo que en realidad ves es la infancia del universo. La luz llega unos millones de años luz tarde. Igual que nuestros sueños, también muertos, deseados ante el firmamento.

28

Hay un momento en la vida de un preadolescente en el que da su primer saludo de mejilla a alguien diferente a su tía. Si bien esa expresión exagerada del *knock out* entre pómulos y el «cómo has crecido» nos ha fastidiado de generación en generación, fueron esas menopáusicas parientes, nuestras primeras entrenadoras a la hora de relacionarnos con alguien del sexo contrario. Mi primera desvirgada del cachete (repito, con alguien distinto a una tía) fue comenzando los trece.

Al menos en lo que concierne a mi generación es por esa época en que los padres dan a sus hijos la absoluta libertad de salir, sin compañía de un mayor. El treceañero corriente tras ser merecedor de semejante libertad, salta de júbilo y se cree dueño del mundo. Exasperación moderada en lo gestual pues aquella salida (aunque sea la primera oficial) debe hacerse parecer como lo más casual y cotidiano, ya que gritar «es mi primera vez» sería señal de debilidad, patanería e ingenuidad frente a los tan precoces bastardos (casi siempre neas) que desde los diez años tienen las llaves de la casa.

El plan: por lo general, la primera vez, paseos por un centro comercial, entrar al cine o comer en un restaurante donde típico se iría un domingo en familia. Los tres casos son bastante patéticos; combinados, causan hasta gracia. Ya que de ese día para atrás el neófito no tuvo otra compañía que la de los compañeros de clase (o quizá compañeros de extracurriculares), la salida se prostituye al punto de terminar tres, cuatro, ocho ¡diez personas o más! restregando en ropa de civil, que son libres. Se camina en fila india, en parejas o en procesión, hombro a hombro. Se miran vitrinas y se mide ropa que no se compra pues el presupuesto dado por los padres es preciso para el cine y la comida, no querrán que sus hijos caigan en las drogas por dos mil pesos de devuelta.

Estando descartada la posibilidad de gastar, se güevonea entonces. Se atesta el cuerpo de gafas, collares, accesorios maricas. Se hace carrera de local a local. Se pisa por donde dice: *"Piso mojado"*. Se pasa por donde dice: *"No pasar"*. Los delincuentes del futuro fueron, sin duda, creados en la salida a un *mall*.

Para el cine, un delegado bueno en álgebra colecta el dinero para pagar las boletas y comprar las crispetas. Si se quiere una cita grupal exitosa, es necesario pedir la última fila de la sala. Es esa la trinchera perfecta para, primero, no ver ni quince minutos de película; segundo, lanzarse crispetas entre sí o a alguien de la fila E; y tercero, hablar física y pura mierda a un tono tan alto como para fastidiar al resto de los espectadores y tan bajo como para hacer que una queja de parte de ellos sea innecesaria.

Para comer, lo mismo. Se examina con detalle el presupuesto y se escoge un restaurante de preferencia universal. Sea McDonalds, Subway, KFC, o Crepes & Waffles, Dominos Pizza, J&C, siendo muy opulentos. Se ordena, se habla mierda, se come como cerdo y se habla mierda mientras se come como cerdo. Tipo 8:45 p.m. o 9:15 p.m. el carro de los respectivos padres arriba a quitarles la libertad a los insurrectos treceañeros. Es entonces cuando, en gesto infantil de pseudo madurez, se despide de estrechón de mano con los hombres y de choque de cachetes con las mujeres. Por muy abrupto que sea el cambio del «hola» con sacudida de muñeca y el «chao» con sacudida de muñeca a aquel contacto físico, parece no ser muy relevante. Como si siempre hubiese sido así, las siguientes salidas tendrán como apertura y desenlace un estrechón de manos o un beso de cachetes.

Como decía, conmigo ocurrió tal cual que con el montón. Salimos Raúl, Pony, Pocillo, la chica Picasso, otros tantos compañeros de sexto, y yo (esos cuatro los nombro porque son de los pocos de la generación inicial de pre jardín que han sobrevivido y llegaron hasta décimo, hasta once, conmigo). Quien no sobreentendió el por qué de "niña Picasso", se lo ganó por la leve desproporción de su rostro que la hace parecer a una pintura del cubista español. Si van a culpar a alguien que sea a Raúl, él fue el genio creador de ese apodo. Total, fue entre el gordo y yo, entonces no se hirió a nadie. Salimos, pues, más de ocho personas a restregar la libertad de manera tácita. El mismo cuento: amotinamiento en el *mall*, conversación en el cine y embutida de comida. Aunque en el saludo no hubo contacto por parte de nadie, la desvirgada se dio a la despedida. Mano estrechada a Pocillo, mano y puño a Raúl (más personal), golpe de cachetes y un "muak" a Pony y golpe de mi cachete a lo que creo venía siendo la nariz de la niña Picasso.

De allí en adelante se saludó y se despidió de manera mecánica siguiendo ese formato. En mis trece, mis catorce, mis quince, mis dieciséis años, saludé y despedí tal cual. Fue entonces cuando Ana, rebelde de cualquier tácita norma social, me saludó por primera vez, en nuestra primera salida grupal, con un verdadero beso en la mejilla.

La tertulia como tal no fue la gran cosa. Aunque agradable, no desbordó del parámetro. Salimos con quienes Ana se hizo más amiga en esos días, Pocillo, Raúl, Pony, Kermit, Sofía y yo. Comimos alitas de pollo, fuimos por unas politas y hablamos ahí parchado. Por tener a una iniciada, no le permitimos a Kermit meterse nada ni prendimos cachitos de nada, lo consultaríamos más adelante con Ana. El tiempo corrió como keniata y, sin advertirlo, el carro de Mauricio ya estaba al frente nuestro. Lo que nos obligó a tumbar del muro las múltiples botellas vacías de cerveza que imitaban boliches. Sonó el estruendo de vidrios rotos, pero por fortuna el carro tenía las ventanas cerradas y su papá no especuló siquiera. A manera de ritual, Ana pasó por cada uno para despedirse. Por obvias razones, para evitar verme desesperado por abrazarla y decirle «chao» en lo que creía sería una despedida estándar, me hice el bobo y esperé a que me tocase el hombro para decirme que ya se iba. Llegó por fin a mí y se desvió con intención. Aquel sorpresivo gesto me obligó a regalarle un sonrojo. Luego de romper esa ley cachete-cachete e imponer la suya de labio-cachete, sucumbió el tiempo y a la vez que ese beso húmedo abría mis pómulos derechos, el inmenso vacío que dejó Alicia se fue cerrando.

27

Me permitiste conocerte los siguientes tres meses. Esa tú, rara, introvertida, explosiva, sabia e irreverente fueron las porciones que más te empeñaste a esconder. A pesar de ser, de hecho, esa, la Ana que me fue gustando de a poco. Y digo de a poco, esperando que entiendas el término de relatividad pues hablo de un periodo de horas después de conocerte, comparadas con los eternos segundos y minutos camuflados allí. El resto tuyo, me atrevo a decir, son la extensión mejorada de Sofía, Daniela, Rosita, Mariana y Alicia. Porciones elementales, más de mi psiquis que de tu propia realidad.

(Un momento, ¿acaso no se acaba de diagnosticar este enfermo? ¿No debería irse ya esta puta obsesión y pararse aquí el conteo? ¡Mierda! No basta).

Volviendo a vos, hubo un detalle hermoso. Bueno, aparte de ese extraño gusto por los Converse desgastados de cuanto color se haya inventado, aparte de tu monumental colección de cajitas vacías de Tic Tac, aparte de tu preferencia de las papas dentro de la hamburguesa, y aparte de ese inevitable gesto de detenerte a ver el rumbo de todos los aviones, hubo una rareza divina que jamás la había visto y jamás olvidaré, aun si logro olvidarte: quizá por tu acento, por la transición al paisa o por mero imperfecto (perfecto) orgánico, eres incapaz, la mayoría del tiempo, de formular preguntas con la acentuación al final. Lo que hace una conversación contigo, un reto filológico que toda la humanidad quiere hacer. Tardé varias veces en hacértelo notar e incluso te molesté con cariño por esa sublevación contra la interrogación. Al negarlo con simpatía, y luego al ofenderte con ternura, no te volví a hablar del tema por temor a enojarte en lo más mínimo. Me resigné a preguntarte cada vez que fuese necesario si lo que hacías era una pregunta. Pero aprovecho ahora, ya que es mi última oportunidad, de recordarte ese magnífico fragmento tuyo.

26

Esos tres meses, si bien admirables, tuvieron su sabor agrio. El compañerismo ya era evidente; en las evaluaciones te arriesgabas con valentía a tirarme, desde la otra esquina del salón, un papelito con tus respuestas de selección múltiple para compararlas con las mías. Mi método resultó ser más viable; te "prestaba" el borrador con mis respuestas allí, anexando además las fórmulas que solías olvidar. La confianza sí tardó el final de octubre y todo noviembre. Ya en diciembre me volví tu fiel guía gratis de Medellín. Los alumbrados, la novena, llegué hasta a inculcarte ese siete de diciembre, Día de las Velitas, la "candelada del diablo". Apenas el fuego derritió la parafina de la tapa y esta comenzó a burbujear, fuiste la primera en escupir y producir la gigantesca llama. Y entonces, tras noches de birras, vodka y ginebra (tu favorita), me cogiste la confianza necesaria para dejarte cuidar por mí estando ebria. En una de esas, en la tan atravesada fiesta de quince a mitad de diciembre a la que nos invitaron, te dio por ser cariñosa y me diste piquitos. En teoría, esos fueron los primeros que nos dimos, pero quisiera nos saltáramos ese gesto porque la cagaste de inmediato con retribuirles el injusto eufemismo de "besos amistosos". El verdadero, el que considero un condenado beso real y al que le regalé noches de desvelo, ocurrió luego. ¿Pero esos chillidos de pollito bebé? ¡No jodás! Si esa fue una mandada a la *friendzone*, fue la más triste y bizarra que me habían hecho.

Recuerdo que el DJ de la fiesta, por un bendito segundo, le dio por poner algo distinto a reguetón. No lo advertí hasta el coro de esa canción que marcó nuestra generación. Si tuviese que elegir un referente para los nacidos en la segunda mitad de los noventas sería esa: *Caraluna*, de Bacilos. Y mierda, dentro de las pequeñas cosas que me arrebataste fue el amor nostálgico por esa canción. *"Mientras siga viendo, tu cara en la cara de la luna mientras siga escuchando tu voz, entre las olas, entre la espuma"*. Cuando te dividiste de mí, como que ya insinuabas el error que te empantanaría la moral en la mañana y comenzaste a filosofar. En primera instancia me calificaste, me diste el título de amigo. Y, en segundo lugar, no parabas de hablar mierda. Mierda cierta e incluso demasiado sabia, pero que yo simplemente no sabía cómo carajos leerla. «El mejor noviazgo es el que sale de la *friendzone*, la mejor *friendzone* es la que viene de un noviazgo». Jueputa, ¡sí! Cómo no haber caído en la cuenta de eso desde antes. Pero… ¿qué venía siendo yo? ¿Estaba en una de esas fases transicionales? *"Mientras tenga que cambiar la radio de estación porque cada canción me hable de ti de ti de ti"*. Claro que no, me diste a entender (con ráfagas de indirectas) mi posición en tu vida, esa misma que tengo con el resto de chicas.

25

Estar ebrio contigo.
Estar ebrio contigo es hidratar al alma.
Ebrios de tequila, versos, guaro y besos.
Apoyados uno al otro
para caminar, tambalean nuestros
Converse que quieren volar.
Porque contigo no hay náuseas, ni resacas,
ni conversaciones de ascensor.
Porque nos basta una calle,
y si acaso, una acera de almohadón.
¡Que bese la lluvia al farol!
Sin distinguir al aguardiente
de las babas, del sudor
ni del chaparrón.

24

—El de Pocillo lo entiendo, me imagino que era porque le faltaba una oreja.

—Jeje, sí, es por eso.

—El que no entiendo es el de Pony… ¿era narizona o qué? ¿De dónde putas sacas esos apodos?

—No, nada que ver. Hasta bonita es. Le decimos Pony porque pues, como sabrás, no podemos afirmar que en este colegio hay verdaderos negros negros, así: chocoanos. Ni uno legítimo. Esta manada de racistas, o qué sé yo de qué lado es la culpa, no permiten que entren. Entonces, el pigmento más cercano no podríamos decir que es negro ni blanco. A Pony le decían de cariño Negra pero personalmente no me convencía. Hasta que descubrí que ese tono trigueño (límite para entrar a este colegio) se parece de forma chistosa e irónica a la malta. Entonces, ya sabes, que cuando veas a alguien medio oscurito, no es negro, sino color Pony Malta.

—Sos un maldito, jajajaja, espero ella se lo tome bien. Y también Pocillo.

—Obvio, sí, sabe que es de cariño. Pocillo sí me temo que es más a sus espaldas, su alias es un poco más ácido.

Te detuviste a reír a todo pulmón por última vez con falsa indignación y disimulada complicidad. Por tu mente habrán pasado la analogía de la bebida con el color de piel y el tazón con la falta de oreja. Reíste una vez más en tus pensamientos transcritos en una sonrisa sin dientes. Desviaste la mirada y pensaste la pregunta sabiendo sin duda la respuesta. No obstante, la lanzaste para, en efecto, lanzarme a la incertidumbre por primera vez.

—¿"Te amo" y "te quiero" son lo mismo en inglés?

—¿Eso es una pregunta?

—Ehh, Sí.

—No te escuché la entonación, perdón… sí, sí son lo mismo: *"I love you."*

—Ok, entonces: *I love you.*

—¿Cuál quieres decir?

—La que creas indicada.

23

Frecuentemente urjo lapidar algunas noches a fracasos universales. La artificial nitroglicerina amistosa, fermenta ulteriormente larguísimos archipiélagos nulos amorosamente. Fanfarrona usted, lacónico androide. Negligente amiga fría. Ultra linda, además. No amarla fastidia urgentemente la acostumbrada nombrada alma. Falsa usted, lotería arbitraria. Nieve ardiente. Fémina unta lágrimas. Astuto narciso angelical. Fulano utiliza limerente algunas nimiedades apasionadas. Aspirando nónadamente, acariciar, aunque náufrago, añadiduras afectuosas nominales al acuerdo nefastamente amistoso. Ayúdalo, neutral Ana. Abundaron nocivas alucinaciones al neurótico. ¿Amistad? ¿*Affaire*? ¿Noble admiración? ¿Anormal noviazgo? ¡Advierte algo! No abstengas ahora ninguna afirmación auténtica. No agües áridos nidos abandonados. Atrévete, niña, a abandonarme.

22

Conociste durante ese diciembre a Juan Esteban. Era de ese tipo de neas con fachada de típico tipo no nea (lo que sería más bien atípico teniendo presente el contexto social). De esos que, cansados de la insipiencia de las grillas, incluso renuncian a calvearse los lados de la cabeza cual Travis Brickle para atraer a chicas intelectuales. Pólvora, así se hizo llamar ese diciembre. Se hizo llamar, supongo, no porque lo decidiera sino por cierta fama ganada. Uno sí tiene que tirar mucha hijueputa pólvora en esta vida para que lo llamen a uno así, ¿no?

Fuese Pólvora, Juan Esteban, o Juanes (de esta última forma le dices), te cayó sin parar. Di cuenta de tu interés mucho antes de que me lo dijeras. Y es que si primero salías conmigo para poder escarbar una excusa y responderle con sinceridad un mensaje de que estabas ocupada, el que recibió el mensaje después fui yo cuando tú estuviste ocupada con ese güevón. A la mayoría de mujeres por lo general las inquieta la idea de meterse con alguien de un grado inferior. A ti te valió huevo. Él iba para décimo, vos para once. Me imagino que no cediste ante semejante galán de palabra arrastrada porque, aunque de grado menor, era mayor en edad. Perdió séptimo el genio ese. Como sea, se llevaban solo meses, a pesar de ser quizá más meses de los que tardaron en cuadrarse. Cuando lo hicieron, cuando lo oficializaron, lo desconsolador no fue el noviazgo como tal sino lo poco (o nada) que cambió tu comportamiento conmigo. Saber que lo que teníamos antes de Pólvora (fuese lo que fuese) era lo mismo, tal cual, lo que tendríamos tras ustedes ennoviarse, me desoló. Y esa sonrisa, esa palabra, esos besos equivocados, ¡esos putos roces de nuestros brazos encontrándose al caminar!, vivían solo en mi mente.

21

Luego, lo que te dije: pasaste todas las pruebas. La quemadura de mi pecho que marcaste tras esa salida a ver *Titanic* se hacía mayor. Me cercenó aún más cuando entramos al colegio y, no solo recordé que esa nea estudiaba también allá, sino que descubrí que te cambiaron de salón por quién sabe qué estrategias pedagógicas. Tu relación no tardó demasiado en demostrar su extrema volatilidad. Terminaron dos veces por cagadas de él, regresaron dos veces por regalos de él. Esa segunda indemnización como que no te convenció mucho, y terminaron por tercera vez. «Esta vez sí no más». Pero el malparido regresó con serenata. ¿Serenata? Qué es esa mañesada, (y parafraseo aquí lo que pensabas de las serenatas). El tipo te trataba como una mierda, seguro ya se había comido a una que otra vieja en esos intervalos. Si comparas nuestras horas juntos con las que has estado con él, Juanes no me llegaría ni a la mitad. Pero, claro, la serenata, las flores, el collar, el párrafo gigante de cursilerías. Volvieron. Terminaron. Volvieron. Terminaron. Y así varias veces. Y yo quieto, esperando. Esperando el intervalo perpetuo, el que durase más para lanzarme a conquistarte. Pero cada vez era más incierto en qué lugar estabas, ya no era terminar sino darse un tiempo, ya no era volver sino darse un tiempo. Me queda imposible acertar la fecha exacta, pero creo que fue a la sexta cagada perdonada que te acostaste con él. No es que haya soñado con quitarte la virginidad, pero quería con ansia que quien lo hiciera, te amara.

20

Redactar este torpe poema que podría escribir cualquier bebé entusado, me ayudó a canalizar un poco la situación. Gracias a Dios que por la época no veíamos en inglés mierdas aburridas de gramática como *infinitive* o *conjunctions*, y por el contrario, nos dejaron hacer composiciones libres:

FUCK CONTRADICTION
My dog always follows that grey cat, whose obsession is that baby boy.
Even he insists in the beauty of a little girl that says she loves me.
But I have a crush in another girl, while she adores that rude guy, although he stalks a sexy woman who just loves herself.
How can I avoid the fact of always seeing you when I close my eyes.
How can I live in my mind and dream in my life.
How can you still be so quiet.
How can the dog get the cat, the baby boy the little girl, the rude guy, the sexy woman and I, she?
How can this still be such a contradiction.

19

Terminaste otra vez con ese *man*. Sabía que era probable que yo tomara el papel del *rebound;* que, o te quitaría al fin ese dañino vicio, o te lanzaría de nuevo a su difundida e incómoda presencia. Aquel "rebote" no terminó siendo la película porno que imaginé, pero, si bien no lo crean muchos, fue superior a lo esperado. ¿Has leído o escuchado alguna vez, en una novela, en un poema, en una película, la expresión "besar los ojos"? Bueno, sí es literalmente posible, y sí, es mejor que cualquier beso de carácter oral. Ese cosquilleo casi imperceptible que deforma los labios a sonrisa. Esas quince pestañas marrones bailando al son en el que el párpado les toque. Esa piquiña dulce que calla la palabra al silencio cómodo y cierra las pupilas a la eterna nada. Esa compensación por lástima, paradójica y muy superior al anhelado, negado, beso ortodoxo, no llegó a anular las desesperadas ganas de desviarme a tus labios pero sí, cual orgullo personal e insignificante, alimentó mi desnutrida autoestima gracias a esta hipótesis con muy posible veracidad: te habrán besado los labios bocales y vaginales; los cachetes y calcetes; la nariz, y cierta cicatriz; habrán ya recorrido tus senos, tus caderas, tu ombligo, tu pelo, tus pies, a punta de succionantes labios húmedos. Habrás ya besado de costado, de perfil, acostada, parada, seca, mojada, bajo el sol, bajo la luna, diagonal al sol, diagonal a la luna, con lluvia, sin lluvia, con ropa, sin ropa. Besos de orca, besos con vodka. Con antifaz, con disfraz. Con muletas, con aretas. Beso de muerte, beso de vida, beso de suerte, beso de SIDA. Beso nostálgico, beso cacorro, beso analgésico, beso cachorro. Arbitral, arbitrario, furtivo, fortuito. Ya cada nea que ingresó alguna vez a tu vida habrá marcado territorio en la mayoría de tu cuerpo escarlata. ¿Pero besar tus ojos? ¿Tiene una nea la suficiente sensibilidad poética para cometer o siquiera verle el sentido a esa maricada? No y no. Niego admitir que alguien antes de mí besó tus párpados. «Pobre imbécil que se conforma con esa güevonada», dirá algún tipo que ya se acostó con vos si atestiguase aquel antinatural coito facial. Y sí, pobre imbécil yo. Pero es este imbécil quien está ahora allí. Golpeando tus ventanas del alma con mi brisa de saliva.

18

Mis palabras se evaporaron sobre ti sin siquiera acariciarte.
Odié desde hace poco tu cuerpo de azufre tostado.
Hasta te niego propiedad del universo.
Te traeré de las cavernas flores lúgubres, gladiolos blancos,
maní salado, y cestas urbanas de polución

Quiero hacer contigo
lo que el otoño hace con los almendros

17

"Mi nombre es Juan Pablo Castel, el pintor que mató a María Iribarne". Con trece palabras, secas, directas y hasta noticiosas, Sábato comienza *El túnel*. Historia de amor que retrata tal cual al desamor. Existencial novela corta para una corta existencia como la mía.

La acabé de releer y, por desgracia o por fortuna, encontré elementos escondidos la primera vez que me sirvieron de espejo para continuar este conteo. Por supuesto no aspiro a clavarte un cuchillo, Ana. Pero es esa la principal inspiración para acabar con vos de una vez.

Luego de la premisa del asesinato, el protagonista relata con variados estados anímicos su relación con María. Estados que navegan diferentes oscuridades y, en ocasiones, destellos de luz del hombre. Pero que como principal base se funden en la obsesión y en esa frenética búsqueda de posibilidades para acertar, aunque de manera fallida, con el futuro.

Como sabrás, amada pseudo, Sábato se dedicó primero a la física. Obtuvo en 1937 el Doctorado en Físicas y Matemáticas en la Universidad Nacional de la Plata —patria de Alicia, por cierto—. Raciocinio científico que marcó sin duda la personalidad del desgraciado pintor. El autor logró encontrar en el espíritu de un artista, un meticuloso hombre, una impresionante máquina de hipótesis que le llevaría a su total ruina. Y es que desde ese momento en el que a María le llamó la atención el pequeño detalle de la ventana de su cuadro, Castel se planteó toda una infinita cantidad de postulados, descartados poco a poco cual el método científico. Ahogado en su propia obsesión, el pintor desfallece sin morirse en la hipótesis que le da a cada hipótesis de su anterior hipótesis.

16

Una de sus tesis más relevantes y aquella que atestó su limerencia enfermiza hasta entallar al fin, es la de la rumana. Esta prostituta —me rememoro a Iris— tuvo relaciones con el protagonista luego de que María hizo caso omiso del ultimátum hecho por Juan Pablo de que si no venía a verlo, él se suicidaba. De manera natural, y por más viril que sea su cliente, la rumana siempre fingirá placer. Castel lo sabía y al comparar aquel aullido de artificial orgasmo con el de su amada, se aterró de tal forma que saltó, de un solo suspiro, del obsesivo amor espiritual, al dos veces obsesivo odio mundano. No aguantó ese falso cariño y corrió a matarla.

Esta y otras esquizofrénicas teorías concluyen en una verdad tristísima. La desoladora epifanía que no solo magulló a Juan Pablo sino a cualquier secuaz lector:

Aquellos que buscan al amor como algo metafísico, se encontrarán con la gran desilusión de que esa quimera no es más que eso. Nos demuestra Sábato que esas mariposas coloridas que navegan glamorosas el estómago del alma, tardan muy poco en culminar su vida útil, a comparación de la tortuosa descomposición de sus larvas que duran el doble.

"Existió una persona que podría entenderme. Pero fue, precisamente, la persona que maté". En efecto, solo se ama a perpetuidad en el recuerdo. El paraíso empírico de la caricia momentánea, no es más que una tesis improbable.

15

Y heme aquí de nuevo. En mi habitación pasando la tarde. Sobreviviendo la tarde. Escucho música, pienso en vos y en millones de posibles. Es curioso, recorro en canciones todas las etapas de una relación. Todas las facetas en las que el amor se esboza. Y sí, mierda. Solo se acomodan pocas a esta situación escasa. Sobrarían dedos.

Lo jodido es que no tenemos nada y pienso incluso lo que te dedicaría cuando terminásemos algo. Lo que escucharía ebrio del despecho, lo que te citaría en vómito para que volviésemos, lo que vociferaría de alegría tras un «sí», lo que susurrase de rabia tras un «no». La salsa machista que cantaría a gritos gloriosos cuando por fin te olvidase, el vallenato moribundo que Raúl me cantase cuando descubra yo entre remembranzas que no puedo olvidarte. Varios boleros se me vienen a la mente en caso de pretender reconquistarte (qué patético, ¿no?, quiero reconquistar cuando no he conquistado).

Se me viene también a la mente, en última instancia, algún reguetón rústico de tu antojo. Un perreo innegable mezclado con vodka mitigaría tal vez cualquier error que yo, en mi infinita estupidez de amante novato, habré cometido. Besarnos por la culpa del Smirnoff reviviría tu cariño hacia mí. Volveríamos. Nos amaríamos como lo habríamos hecho antes, y el resto de nuestras vidas sería el inmortal atardecer de un final de Disney. Pero mierda mierda mierda. Nótese el abuso colosal del futuro perfecto: "dedicaría", "escucharía", "reviviría", "mitigaría", -

ría, -ría, -ría, -ría. Y en plural: "volveríamos", "amaríamos" "-ríamos", "-ríamos". Putos genios los lingüistas que le pusieron el nombre. Por algo se llamará "perfecto".

Lo cierto es que, entre tantos géneros, las únicas canciones oportunas y dignas de la *friendzone* son: El vallenato *Entrégame tu amor*, de Los Inquietos. *El problemón*, de Bonka — sobre todo por el trabalenguas inicial:

> *"De que me sirve ay que me quiera*
> *Esa persona que no quiero que me quiera*
> *Si la que quiero ay que me quiera*
> *No me quiere como quiero que me quiera".*

Y, por supuesto, como himno permanente, *Algo contigo*. El bolero clásico de Chico Novarro, con todas las versiones habidas y por haber, incluyendo la de Vicentico y la de Rosario Flores; la mejor, como preferencia personal, es la de Andrés Calamaro:

> *¿Hace falta que te diga que me muero por*
> *tener algo contigo? ¿Es que no te has dado*
> *cuenta de lo mucho que me cuesta ser tu amigo?*

> *Ya no puedo acercarme a tu boca,*
> *sin deseártela de una manera loca.*
> *Necesito controlar tu vida,*
> *saber quién te besa y quién te abriga.*

> *¿Hace falta que te diga que me muero por*
> *tener algo contigo? ¿Es que no te has dado*
> *cuenta de lo mucho que me cuesta ser tu amigo?*

> *Ya me quedan muy pocos caminos, aunque pueda*
> *parecerte un desatino, no quisiera yo morirme sin*
> *tener algo contigo.*

> *Ya no puedo continuar espiando día y noche*
> *tu llegar adivinando, ya no sé con*
> *qué inocente excusa pasar por tu casa...*

> *Ya me quedan muy pocos caminos, aunque pueda*
> *parecerte un desatino, no quisiera yo morirme sin*
> *tener algo contigo.*

> *Sin tener algo contigo. Sin tener, algo...*
> *contigo".*

14

Psd$_1$: Si me pusieran un revolver y me dieran a elegir algo tuyo, luego de pensarlo mucho y de querer elegirlo todo, escogería tu sonrisa. Bueno, justo después de tu sublime culito gibosa menguante.

13

Es cierto que en la situación en la que estamos, produzca yo la suficiente oxitocina en tu presencia, que pueda decirme a mí mismo que te quiero, me gustas, e inclusive, pensar en poner en peligro esta amistad por algo. "Te quiero" que vale miles de "te amo" pues, si es que cojo pelotas para decírtelo a la cara, la sinceridad de esa conjugación, por lo general desgastante de saliva y lanzada al aire día a día sin escrúpulos, se convertiría en lo más jodidamente real que le haya dicho jamás a alguien. Ahora bien, ¿Qué es ese "algo"? Es justo, Ana, ese "algo contigo" lo que me desvela. Sé yo a millas que es más fácil entrar a Mordor que a tu corazón. Que de aquí a que me pienses como un novio pasará el Halley unas cuantas veces. Lo sé. Ya está claro. Pido llegar tan siquiera a la aorta. Y que se me permita, allí, por unos cuantos latidos miserables, verte bombear claveles rojos, fresas y cerezas.

Tendríamos primero que clasificar en dónde estamos ahora antes de pretender llegar a "algo". Las categorías actuales no aclaran mucho. ¿Conocido? ¿Compañero? ¿Amigo? ¿Novio? Entre los dos últimos existe la subcategoría de "encarrete" (llamado también amigovio, aventura, *affaire*) que implicaría cierta fidelidad y cortejo novel. Pero, aun así, allí, en esa grieta estrecha entre la amistad y el noviazgo, el saludo de cachete y el de beso, el abrazo enganchado a las caderas y el abrazo enganchado al culo, no es posible acomodarnos. ¿Razón? El simple hecho de que tus destellos de afecto hacia mí no son tan constantes como para encasillar, bautizar esta obra de marionetas, un encarrete. Si quieres que te diga cómo carajos me veo aquí, pues bienvenida a mi tesis: creo tener una especie de *free pass* para salir de la *friendzone* en algunas fechas delimitadas de acuerdo a tu bipolar ánimo.

12

Puedo llegar a ser bastante conformista con ese "algo". Ya nos pondremos de acuerdo con la norma oficial que lo certifique, pero permíteme por ahora presentarte un borrador:

Cláusulas
1. Fulano llamará a Ana, Ana. A menos de que ella lo permita, no se usarán apodos comprometedores ni diminutivos, extranjerismos, abreviaciones o cualquier referente a su nombre. Quedará totalmente censurada la palabra invertida de Roma, así como también sus verbos derivados y apodos redichos (como el pedestre "mor").
2. Incluso así, podrá referirse a ella como "linda" en circunstancias muy específicas. Cuando lo amerite. En el penúltimo ciclo de una embriagada (ese estado tierno y afrodisiaco justo antes

de las náuseas), o en un etéreo santiamén de intercambio de halagos, poemas y caricias, o de vez en cuando en conversaciones de chat, bien sea para saludar o despedirse (no ambas).

3. El contacto entre manos tendrá las siguientes excepciones: agarrarse las manos, acomodar los dedos entre los dedos del otro y juguetear con ellos, será solo permitido en el cine. Mientras que las obscenidades individuales de los gestos, como levantar el pulgar, levantar el dedo medio a manera de *fuck you*, juntar el dedo pulgar con el dedo índice, o incluso el saludo vulcano separando en una amplia V los dedos cordial y anular, no tienen restricción alguna mientras se expresen sin discordia ni doble intención.

4. Abril sería un mes más del año.

5. No se cumplirá ningún tipo de aniversario.

6. Los besos están expuestos a pasar y no pasar sin condición alguna. Aunque el patrón de estos han sido el alcohol de por medio, Ana tiene la potestad absoluta de decidir cuándo darlos y cuándo no. Cómo darlos, dónde darlos, cuánto tiempo darlos.

7. Cada uno tendrá la libertad de tener relaciones aparte, de cualquier tipo. Si se da el caso, pueden elegir si seguir el encarrete mientras el otro mantenga algo serio con otra persona, o pararlo indefinidamente.

8. Por supuesto, el anterior contrato podrá ser cambiado en cualquier instancia, en cualquier lugar, solo por el firmante femenino. El otro firmante, solo tiene potestad de sus propios pensamientos y la vaga certeza de que, cercana o distante, ella no huirá a infinitud.

\---------------------------   \------------------------

Firma Fulano   **Firma Ana**

11

Tuvo que pasar un naufragio, dos tormentas y un tsunami
para comprender que abarcarla a usted, es querer secar el mar con un pañal.

Tuvieron que extinguirse varios tipos de aves, anfibios y los mismos mamuts
para saber cuán imposible es civilizar a un alma salvaje.

Que entenderla sería enfrascar un frasco mayor del que se tiene.
Que poseerla es algo que muchos hicieron ante el mundo pero nadie ante usted.

Que para usted amar es sinónimo de vivir pero solo para referirse a la vida.

¿Comprende ahora la exquisitez tortuosa de enamorarse
de quien ama la vida mas no vive el amor?

10

Te veo custodiada por un vidrio. De absoluta nitidez, con olor y cierto tacto incluso. Un vidrio a la vez irrompible y blindado por razones que desconozco aún. O que quizá sí conozca, pero no me atrevo a indagarlas por miedo a debelar la verdadera tú detrás del disfraz que te diseñé. Eres mi titiritera, soy tu puta marioneta. Tu peón. Podría quedarme aquí describiéndote en medio de esta noche sin estrellas, podría maldecirte en mil lenguas muertas, podría gastar esta puta borrachera en adjetivos al azar que insulten tu ser sin piedad... pero, ¿a quién engaño? Mi obsesión va más allá de un débil aunque hermoso vallenato guajiro. *"Yo quisiera que la tierra girara al revés para hacerme pequeño y volver a nacer"*. Es el intento trillado, predecible, inútil, cliché, desangrado, moribundo, de revertir ese lazo de mierda que amarramos hace meses, de quebrar esa puta barrera de "te adoro", "eres lo mejor", "bff", "tan tierno", "me voy a casar con vos". Etcétera, etcétera. *"Y no tener que volver a extrañarte, ni en tus fotografías mirarte, ni llevarte fundida en mi pecho, como si fueras parte de mí"*. Como decía, hubo varios besos ambiguos antes del oficial. Tanto estando tu soltera como comprometida. Tanto ebria del todo, como medio prenda, como sobria aunque ida. Cualquier desgraciado corriente en una situación de mejor amigo pensará en estos baboseos con envidia y anhelo de poder vivir alguna vez siquiera la mitad de ese pseudo abuso. Pura mierda. Estos afectos eran apenas una extensión de la labor del osito de felpa. Total, ninguno sobrepasó el minuto ni puso de cómplices a los dientes o a la lengua. Solo fueron partícipes los diplomáticos labios transformados en picos de patico, en un perverso muak muak y en un «los *beffis* pueden hacer esto».

9

—¡Juguemos *Suck and Blow!* —dijo Sofía.

Yo la verdad no tenía idea de ese juego. Todos asintieron de inmediato la propuesta y se dispusieron a buscar los implementos. Estábamos ella, Raúl, Kermit, Pony, vos y yo. Había entonces quórum para el juego. Los dos novios tuvieron una pequeña conversación sobre si debían participar debido a posibles implicaciones embarazosas, pero concluyeron en que lo harían gracias a la perdurable confianza que ganó nuestro clan. Además, pues, de la ligereza dada por ciertos mililitros de aguardiente tomados como agua. El caso es que el juego va más o menos así: los jugadores deben hacerse en un círculo, bien cerca uno del otro. Si es posible conviene alternarse de manera hombre, mujer, hombre, mujer, y así sucesivamente, pero no es necesario. Se elige cualquier carta de una baraja (si no se tiene, cualquier tarjeta liviana sirve). Y el que empieza debe aspirar la carta para no dejarla caer y debe pasársela al siguiente soplando mientras el otro aspira. Pierde al que se le caiga la carta y tiene que salirse del círculo.

Esa eliminatoria, a petición de Kermit, fue cambiada por una regla más picante aún. «A quien se le caiga una carta, no sale, pero se tiene que quitar una prenda». Todos aceptamos el estatuto con morbo y desvié, de inmediato, mi mirada hacia ti. ¡Bendito tu minimalista gusto de vestir! Una camisa, unos *shorts*, un par de Converse, un par de medias tobilleras y un arete de perla (el otro se te perdió horas antes). En número de ropa, vos y yo estábamos iguales porque yo traía saco. El resto tenía ventaja porque, de casualidad, fueron ese día atiborrados de accesorios, collares, relojes, pulseras, *piercings* y manillas. El círculo quedó: Fulano – Ana – Kermit – Pony – Raúl – Sofía. Puse a trabajar mis dotes de aspiradora y logré quedar invicto varias vueltas. Veinte minutos después, yo ya me había quitado el saco, los zapatos y las medias. Lo mismo el resto, menos Kermit, que ya había llegado a la camisa; y vos, que solo te quitaste el arete en tu única equivocación.

La cosa se complicó cuando recogieron de improviso a la Negra y quedó Kermit al lado de Raúl. En una de esas, la carta se les cayó y se chocaron los labios. Nos cagamos de la risa ante sus sonrojos indignados y les molestamos la maricada un par de minutos retorcidos de carcajeo. Ya para despés de la una de la mañana, cuando el guaro agonizaba un último *shot*, y todos nos veíamos en ropa interior, decidimos terminar de jugar. Es curioso, Sofía no dejaba de taparse con las manos su brasier rosado, descuidando la censura a sus bragas. De todas maneras, por esa moda rara medio *vintage*, supongo, traía unos calzones talla alta así todos sesenteros que no dejaban ver un culo. Vos en cambio, transportaste la vergüenza hacia abajo y te tapaste tus braguitas negras dejándola libre al público, ese sostén oscuro que recubría tus teticas respingadas.

No obstante, Kermit puso una regla más. Se ordenó continuar semidesnudos, y en diez minutos, el último que perdió podría vestirse. Así hasta que, en cincuenta minutos, el primero en haber perdido (o sea Raúl) podría al fin vestirse. Pusimos la alarma y nos tomamos fotos osadas que nunca serán mostradas.

Ya para cuando vos y yo estábamos vestidos, rondaban por la sala Raúl y Kermit aún en bóxeres. Te ofrecí un cachito de marihuana, pero lo negaste y me pediste que más bien te acompañara al balcón a fumar cigarrillo. Salimos. Sacaste de tu bolso una cajetilla de Marlboro Ice todavía nueva y me ofrecí a encendértelo. Bromeé sobre lo que en esta ocasión traía de mensaje la cajetilla. *"Fumar disminuye la calidad del semen"* ese espeluznante aviso que todas las marcas están obligadas a poner no sirve para puta mierda.

—Bueno, siquiera que eres mujer, este es inofensivo para vos.

A lo que respondiste para seguirme la irónica corriente:

—Sí, agradezco que no sea de esos que dicen que dan cáncer o parálisis cerebral o quién sabe qué.

8

Noté que tenías escrito con lapicero en la mano derecha una especie de recordatorio, "bogotazo". Era para esa exposición de sociales del lunes que debías hacer para no perder la materia. Podrías haberlo escrito en el celular, en un papelito, pero elegiste profanar tu mano. Encendiste el segundo y me pasaste uno.

—Tienes que morder una pelotica que tiene ahí en el filtro, eso es lo que le da el sabor a menta.

Obedecí, reventé la bolita esa y lo prendí.

Al tiempo, ya estábamos filosofando sobre el futuro. Tratabas de disculparte conmigo y contigo misma, la variabilidad de tus emociones. Te quejaste ante mí lo malparido que fue Juanes con vos, a la vez que le rogabas a la luna que volvieran.

—No sé proyectarme. No sé proyectarme en un año, en una semana, en un mes ni en cinco días.

Recitabas ese lamento y otros más sobre la incertidumbre de tu futuro. De nuestro futuro. Del futuro de toda nuestra maldita generación. Ni vos ni yo teníamos idea de qué estudiar. Total, los decibeles de física, los alquinos de química y los límites de cálculo no daban chance de pensar en una graduación.

Tras un comentario sobre lo chistoso que se veía Raúl en bóxeres de Spiderman, quedamos en silencio. No sé si el ameno o el incómodo, pero en un silencio decisivo. Con torpe arrebato me acerqué lentamente a vos para darte un beso, pero te corriste. Podrías estar ebria, pero tu oratoria era perfecta para justificarte. Dijiste que qué hacía. Que no podía esperar que te metieras conmigo por el hecho de haber terminado con Pólvora, que había pasado apenas una semana. Que me querías, que me adorabas. Que estabas confundida. Que yo estaba confundido, que no me merecías. Que en mi soledad, en mi obsesión por todas las cosas y en mi misma pea, vi en una amiga algo potencial que no podía ser. En algo que no podíamos convertir en algo más o la cagábamos. Y entonces salió de mí, como un volador lanzado por tu novio, como un muñeco de cuerda, un hijueputa monólogo no planeado:

—Mierda, sí. Estoy muy confundido. O lo estaba. Lo estaba, y seguro lo estaré mañana en la mañana, en la tarde y por unos largos días o meses. Pero te juro que las cosas no pueden estar más claras en este momento. No sé, el ambiente, la música, esta gente en pelotas, hasta tu humo rebotando en mi cara se vuelve especial. Me pregunto cómo las cosas cambian así de fácil, cómo nuestras prioridades danzan por nuestras vidas sin conseguir importancia perpetua… Y solo sé que en este momento quiero besar a esta niña hasta que se me olvide lo que es utilizar la vista. Solo quiero eso.

Te quedaste pasmada, no sé si de sorpresa, felicidad, desconcierto, incomodidad o todas. Apenas estaba comenzando *November Rain*. Desviaste la mirada a tu ginebra, yo acabé de un sorbo mi jugo de naranja intoxicado con vodka. Tiré por el balcón mi cigarrillo, que formaba ya una última línea de ceniza a punto de caer hacia un charco de agua de lluvias pasadas que se le olvidó evaporarse. *Qué putas*, pensé con sedición. Esta vez no podía cometer el mismo error de acercarme de a poco hasta el noventa por ciento, me lancé hacia ti de un pestañeo y, aunque inclinaste dos ángulos tu cabeza, te dejaste al fin robar un beso. Sentí liberada una tensión titánica que me clavaba al suelo. Ambos estallamos esa bomba del deseo reprimida por tanto tiempo, y sin embargo la descomunal urgencia caducó al momento de poner nuestras lenguas a menearse. Percibí tu bello ademán de dejar a un lado tu trago y de agarrar mi cintura como aceptando con paciencia un beso que va para largo rato. Ya cuando me atreví a cambiar mi cabeza de dirección, me mordías el labio de abajo. Varios minutos después, sentí pasos y susurros, seguro que eran Raúl y Kermit espiando, con chismosa curiosidad, nuestro pequeño "desliz".

7

¿Tenés idea de cuánto dura *November Rain*? ¡Nueve minutos! Calculo que comenzó, más o menos, al momento de que Axl Rose empieza a cantar. O sea, en el minuto 1:15. Lo que significaría, teniendo en cuenta que nos despegamos apenas iniciando la siguiente canción, que el beso duró un aproximado de siete minutos con cincuenta segundos. Incluyendo los primeros tonos de *Knockin on Heavens Door*. (Sí, teníamos la *playlist* de Guns N'Roses).

6

Ambicionaba abiertamente aborrecer abundantemente algunas alternativas alfabéticamente acertadas antier, ayer, ahora. Ansiaba apasionadamente al artificial acuerdo anárquico altamente, anacrónicamente, agudamente artístico. Atroz afirmación aquel anhelo académico aparentemente "atinado" al ánimo absurdo acerca armonizar arregladamente al abecedario, aunque aturdidamente, arrabaleramente arrojado anualmente al analfabetismo apacible. Allí, afortunadamente, algunos alumnos arriesgadamente anárquicos abominan nescientemente nuestro notorio neoimperialismo narcisista, nuestro nublado neocostumbrismo novelístico. Naturalmente, ningún nobiliario negligente notificó nobilísimamente ninguna narración nominalmente novedosa. Ni novela ni novelista Nobel. Netamente narraciones neoclásicas neoderechistas. Nudamente no necesitaré ninguna nimiedad adicional aparte a anteriores afirmaciones aquejosamente analíticas acercadas a alegar ansias amotinadas. Afirmaré astutamente, abiertamente aquel autentico ánimo arcano, aquella aspiración apasionada autora, artífice al ahora artificio: Abreviación a "Ana". Apelo abatidamente argumentarte alegatos apropiadamente autorizados, acreditados, al ámbito amistoso. ¡Aciago acróstico! Absuélveme algún admisible agobio acarreado, amanerado, amariconado. Aproximándome a acabar, aludiré antes al amor. Arquetipos atinentes al amor. Amor absurdo. Amor antipático, abrupto, aburrido. Amor anal. Amor alborozado, apasionado, ardiente. Amor avaro. Amor ahorrado. Amor apagado, avivado. Amor amoroso, afectivo, apegado, aficionado, adicto, amistoso. Amor amistoso. Amistoso. Amistoso. Abusivamente amistoso. Abrumadoramente amistoso. Acremente, amargadamente, ásperamente amistoso. Anodino.

5

Lo siguiente ocurrió ese domingo en la tarde por WhatsApp. Esperé a que me hablaras aquel sábado, pero tuve que tragarme la incertidumbre y contener los últimos rastros de tus babitas restantes para no desmayarme. Vos ya lo leíste en vivo y sabés lo infinitamente torpe de mi cortejo/ultimátum caligráfico, lo copio entonces para el lector que estaba tratando de verme como la víctima acá, como el incomprendido. Entienda que no la merezco aliado lector. Es cierto que Ana se desfasó con la respuesta y cayó en lo patético, pero es esa su tan inteligente estrategia, su altruista forma de hacerse ver como la maléfica rompecorazones, para que su víctima viva (o sobreviva) con el inútil orgullo de que no fue su culpa. Pero claro que lo fue. Copio entonces el chat tal cual, corrigiendo por supuesto algunos garrafales errores autoprovocados que se suele hacer en el medio:

—Yo necesito que tú me dejes las cosas claras, ¿esto es una amistad o va para algo? —Lo envié bañado en sudor a las 3:44 de la tarde. A lo que esos putos chulitos salieron de una y el letrero de *"En línea"* me hizo cagarme del susto. Y entonces pasaron los cinco minutos más largos de mi vida. Escribiendo… Escribiendo… Escribiendo. Finalmente mandaste el primer mensaje.

—No fuly yo no tengo planeado nada ni contigo ni con nadie.

—¿Pues qué te hizo pensar que yo quisiera algo?

—Es que lo malo de que yo quiera mucho a alguien es que a veces se malinterpreta. Pues no sé, perdón fula, nunca quise hacerte pensar eso.

Posible respuesta 1. (Indiferente): «Ok tranquila, solo quería saberlo…pensé haber leído ese beso diferente… pero dale, no importa (y) *emoticón del dedo gordo diciendo Ok*».

Posible respuesta 2. (Dolido): «Mira, no es que yo aspirara a cuadrarme con vos tras ese beso tras estas conversaciones tras la maldita química que tenemos. Bien sé yo que no estoy en tu liga… pero lo cierto es que fantaseé un poco con la idea de tener algo (no de plano un noviazgo) con vos. Fuera de ser amigos y solo amigos. Fue mi culpa, perdón… sí quiero que seamos amigos. Prefiero eso a perderte del todo. Ya lo he hecho antes, no creo que esta vez se me haga difícil».

Posible respuesta 3. (Emputado): «Vea gran malparida. Uno no viene y se va repartiendo besos de nueve putos minutos sin dar al menos una garantía. Si creés que soy un Pólvora, un Lopez o cualquier otra maldita nea que le medio atrajo tu culo el fin de semana, te equivocás. Comé puta mierda, puta de mierda».

Por supuesto usé la pseudo inspirada, la segunda. A lo que respondiste con ese tinte de Jenny de remuneración por lástima.

—Fulll no tienes la culpa de nada, ninguno de los dos la tiene. Obvio yo también quiero que seamos amigos, literal no hay nadie que me escuche como tú o que me entienda como tú lo haces. Y sabes que te quiero demasiado. Y no quiero que se dañe nuestra amistad en lo absoluto.

Yo respondí, esta vez con la mayor frialdad posible con:

—Y no se dañará (y).

—<3 eso espero —dijiste. Y seguiste como quien ve que no es suficiente—. Fuls y no quiero nada, no porque seas tú, para nada, yo soy cero eso… es porque no quiero nada con nadie, mira que no le paré bolas a ninguno de los manes de los que te había hablado. Y menos Juan Esteban, con ese tipo no vuelvo nunca.

—Yo no sé qué es lo que tengo

—PS: ahora soy feliz como tía jajaja. PS: te lo digo para que no pienses que es porque no estás en mi liga, porque no es eso.

Ya no sabías qué carajos decir. Estuviste a punto de confesar que eras lesbiana. Lo más patético de una mujer sale en estas situaciones.

—Sí, seguro.

4

El preludio de un beso es afligido,
sobre todo si ella no da pista alguna.
Las manos sudan, la risa, patética y tímida,
protagoniza una premonición del fracaso de la cita,
mientras el tiempo transcurre con torturadora lentitud a ultrasónica velocidad
como si algún pícaro duende hubiese taponado el ducto del reloj
y se estuviese tragando la arena.
La mayoría de las veces la mirada a los labios o el roce de las manos
o incluso la confidente plática de los temores mutuos que casi siempre incluyen a la muerte,
señalan el momento preciso a lanzarse a hurtar un beso.
Con ella no.

No porque no ocurra lo anterior (sí que ocurre, maldita sea)
sino porque te baraja las reglas con la destreza de un pintor al crear su mundo.
Porque si te miró a los labios fue un simple paro en el camino
de sus despistados ojos claros que, para ver de la grama a la luna,
deben atravesar tu flipado rostro.
Porque si rozó tu mano con la de ella era para cambiar la pierna de carrizo.
Porque si te habló de la muerte, solo respondió con cortesía tu torpe
"conversación casual" que, oh sorpresa, incluyó a la parca.
A otras chicas ya les habrás interrumpido sus banales cacareos
con un zampado choque de bocas. Habrá sido eficaz tremenda violencia pasiva
para primero, callar a la Barbie hablando de su perrito
o quejándose de cuán puta iba vestida esa grilla, y segundo,
para imaginarte al cerrar los ojos, amores que no fueron.
Te tengo una noticia: Con ella no

El que va a cacarear serás tú. Rebuscarás temas interesantes como la franja de Gaza
o la última película de Woody Allen, cuando ella se remitirá solo a *sis, nos, jajajás,*
mmms, o, si acaso, a frases mutiladas convertidas en símbolos
para ayudarte a proceder de la forma correcta.
Entiende, estúpido yo, que ella prefiere al silencio de interlocutor.
Permítele, en ese diálogo sin palabras, escanearte el alma.
Ayúdale a pasar un buen rato, mientras tú exprimes
el mejor sufrimiento de tu acondicionada vida.
Y entre sus intermedias palabras cortas que complementan su universo callado,

se te acercará sin escrúpulos a aquel punto donde el aliento,
mas no la boca, tocan el rostro.
Allí, solo allí, en el péndulo de su cabeza precipitándose,
imponiendo olores mentolados y subrayando una idea suelta: ¡lánzate a morir!

El durante del beso, en cambio, natural y confusamente, no es.
Sea el frío beso al pómulo como desvío forzado del rechazo
o el atemporal beso ortodoxo entre los cuatro labios.
En el segundo, al menos con ella, el durante no es porque, en efecto, no eres.
Con quienes no son ella, infaliblemente sí eres. Estás allí.
En una siempre igual unión tibia, carnosa y cíclica.
Un automatizado baboseo del que lo único esperado es la síntesis de dopamina.
Haber sabido que obtendrías lo mismo embutiendo una chocolatina,
habrías evitado el delito incómodo de romper tantos corazones.
Con ella no.

Al instante en el que le roben ese espacio al aire, no habrá átomo alguno que evite
unirse a los de ella. No habrá bruscos cortes de respiración ni lugares comunes.
Mucho menos las lenguas se hastiarán unas de las otras
o el pelo celoso de ella querrá ser parte del gesto.
Y de cualquier forma, allí, no eres, no serás.
La garantía de que exististe en aquel lugar solo se encuentra
en el nublado recuerdo de la inconsciencia al instante de despegarse.
Como quien se da cuenta de sus sueños apenas en la mañana
o como quien se percata que su vino se acabó y no pudo degustar el último trago.
En una única reciprocidad ardiente, etérea y exponencial
entenderás la estrecha relación de lo efímero con lo sempiterno.
Abrirás tus ojos al cerrarlos y te harás preguntas sin respuestas.
Teniendo presente la infinidad del universo tanto en lo pequeño como en lo grande,
de dónde estamos más lejos:
¿De la galaxia vecina o de cierto protón del corazón del otro?

El epílogo del beso es agridulce.
Normalmente, cuando acaba, lo sigue un abrazo de vago afecto.
Gesto útil para cerrar con broche de oro y, la primera vez, para evitar ver de inmediatez
los mutuos rostros sonrojados con pueril pena.
El autoestima se eleva, el sudor en las manos cesa.
La cerveza sabe mejor y hasta el contexto más lúgubre adquiere tonos pasteles.
Con ella no.
Al momento de permitirle al aire entrar de nuevo, el trabajo adjudicado a los labios
se le pasará a las narices que reposarán una con la otra.
Verás reflejado en los ojos de ella fotogramas corriendo del anterior beso.
Lo verás como una película ajena con la anticipada resaca de la nostalgia.

Tragarás la cerveza como agua tibia, evitarás, de hecho, cualquier cosa que ocupe tu boca.
El chicle será caucho, el vino será uva.
Lo que sea que se interponga entre tus labios y los de ella será un vil intruso.
Para ella es distinto. Pasa del roce de las narices directamente al ruidoso silencio inicial.
¿Abrazo? Para qué si no hay sonrojo, compromiso
y el afecto nació, murió y se inmortalizó hace un segundo.
Saca de su bolso una cajetilla y reemplaza a tu boca por un cigarrillo.
Desgraciada nicotina que, a diferencia de tu saliva,
la absorbe con ímpetu hasta los pulmones,
le permite entrar a sus bronquios, a su sangre
(¿a su alma?)
En este momento, el glotón duende enfrascado en el reloj, vomita al arenoso tiempo.
Le habrán caído mal tantas horas robadas o quiso hacerte la travesura de espesarte el rato.
De cualquier forma, denso o ligero, tu reloj no se sincroniza con el de ella.
A menos de que el vector lunar rija tu horario, con ella no posicionarás tu selectiva agenda.
Entiende, imbécil, que ella no fue fabricada con hilos de marioneta.
Intentas acercarte de nuevo, pero se corre con disimulo
y te impide siquiera besarle los pómulos.
Un clon del beso, especulará, le despoja toda cuantía al inaugural.
Ella los sueña, los planea, los da, los mide, los pesa, los pare y los mata.
Con ella no hay final pues jamás hubo inicio.

3

Mi ficho venció. Esperé diez meses a poder redimirlo. 303, 304, 305, poco a poco me acercaba más a tu sangriento pelo, a tus ojos alquitranados. Por fin, cuando mi turno llegó, hice de mi anterior perspectiva perratiada sobre ti, una completa fantasía de un romance, si no infinito, duradero. Un romance socialmente bendecido. Temporalmente intemporal. Pero no, se me olvidó la gigantesca fila tras de mí. La absurda sala de espera que diriges. Ese irrefutable pajazo incorpóreo que le haces a cada pendejo que osa hacer fila. Qué objetiva, qué equitativa que sos con el resto. Con un soplete incandescente cercenas las güevas, la esperanza y el alma de cualquier tipo antes libre. Encadenas a un número tu larga espera, para cuando lleguen, los despaches complacidos, aunque insatisfechos, con migajas de salivas y unos cuantos centímetros de caricias. Además de la célebre frase: «Quiero que seamos los amigos de antes». Pura mierda.

2

Psd$_2$: Te anhelo, te velo, te espero, te desespero. Te dibujo, te pinto, te trazo, te coloreo, te borro, te trato de borrar. Trato y trato y trato. Solo te logro difuminar con levedad. Te repaso. Y vuelvo a dibujarte, a pintarte, a trazarte y a colorearte. Entonces te pienso. Te escucho, te aprecio, te desprecio. Te respiro. Te inhalo, te exhalo, te sudo. Te eternizo, te banalizo. Te adoro, te quiero

(¿cuál va primero?) ...te quiero, te adoro... y, créeme, diría «te amo», pero no puedo desgastar la expresión que mis ojos gritan crispados al mirarte.

1

Los días que precedieron a esa noche, los recuerdo como una pesadilla. Tras esa enésima mandada a la amistosa mierda, tres semanas después restituimos relaciones. Como si nada hubiese pasado. Y cual siniestro juego lírico, nos fuimos compartiendo indirectas mediante poemas. Primero me mandaste el de *Los Amorosos*, de Jaime Sabines. En donde resaltaste eso de que los amorosos son la hidra del cuento. Que se ríen de quienes lo saben todo, de los que aman a perpetuidad y *"creen en el amor como una lámpara de inagotable aceite"*. Respondí con *La culpa es de uno,* de Benedetti a lo que me devolviste uno del mismo autor: *Lovers go home.* Lo que la verdad me supo a azufre. A azufre y ojalá me hubiese sabido a cianuro para tragarme el cuento y sucumbir ahí mismito. Pfff, qué fue esa mierda. Sea una composición magistral o no, querías encadenarme con la misma arma que usé para librarme y hacerte sentir mal. *"...del vecino territorio del amor, ese desesperado, empezarán a mirarnos con envidia, y acabarán organizando excursiones para venir a preguntarnos cómo hicimos".* Mieeeerdaaaa. ¿A cuántos les mandaste lo mismo?

Razones me faltarán para justificar la naturaleza aún analógica de mi corazón. El paso a la era digital me ha parecido, si no postiza, implacable asesina de las oscuridades más profundas del hombre. Será quizá, por el hecho de ser yo defensor fiel del sufrimiento, que rechazo la inminente transición. Del acetato físico, con sus manchas, con sus errores y sus fotogramas mal pegados entre sí, a la cinta digital, impecable. Aquella que no admite errores ni pecado. Aquella que, al primer rayón, a la primera tildada, a la primera desilusión, lo elimina.

ctrl alt supr

Lo elimina (no lo corrige). Le quita la existencia. Condena al olvido a la antigua costumbre de llorar. ¿Llorar? ¿Qué es eso? Llorar es aceptar el imperfecto de la cinta y seguirla viendo solo para oír el tenue sonido del proyector revolucionando. Ese sonido (parecido, tal vez no en forma, pero sí, en contenido, a las palpitaciones de un corazón) que da cuenta de que la vida, de hecho, sí está pasando en este momento. Latidos mecánicos que no pretenden dar felicidad forzada, sino decirte a besos o a golpes o a mordiscos, que vivís.

Por eso conservo la costumbre. Aceptando la desilusión, los imperfectos, las tildadas y todos los recuerdos torturadores que estos conllevan, antes de eliminarlos e instalarlos por siempre en una apatía perfeccionista. Elegí que cuando vos o cualquiera me volviese mierda, yo pudiese recordar que me volvieron mierda. ¿Sabías lo peligroso de jugar a parar el proyector?... ¿te valía un orto o acaso no tenías idea de su volatilidad? ¡Lo detuviste en seco! Claro que te valía un orto. Claro que te vale. Ya muchas frenaron el proyector antes. Ya me detuvieron la cinta varias veces, pero en el preámbulo. Apenas cuando los primeros fotogramas cogían ritmo. En el peor de los casos echó humo, el *reel* se detuvo y simplemente se volvió a empezar. ¿Pero como tú? ¿Interrumpir de fulminante una película que rodaba a veinticuatro fotogramas por segundo?

Jamás. Y entonces ardí. Así, como el celuloide. A llamas gigantes y fecundas, derritiéndome con paciencia y proyectando, por mera inercia, las últimas imágenes de la cinta. Si bien se extraña el color cuando se está a blanco y negro, puede hacerse, con el tiempo, de esta miseria, un llevadero arte. Por el contrario, estancarse en medio de los dos, en la sepia, en esa imagen a color sin color, solamente oxida el alma. Tú, queriendo pintarme a color paraste en el rojo. Me dejaste tirado en el intermedio de dos vidas que es posible vivirlas en plenitud siempre y cuando se sea concreto. ¿Pero allí? ¿En esa tibieza, en esa frontera agrietada? Nahh, estaba equivocado: luego de conocer el color es imposible pasar al blanco y negro. La sepia es entonces la exiliada de un mundo que se niega a conocer otro.

Tercera Parte

El amenazado

"Es el amor. Tendré que ocultarme o que huir.
Crecen los muros de su cárcel, como en un sueño atroz.
La hermosa máscara ha cambiado, pero como siempre es la única.
¿De qué me servirán mis talismanes: el ejercicio de las letras, la vaga erudición, el aprendizaje
de las palabras que usó el áspero Norte para cantar sus mares y sus espadas, la serena amistad,
las galerías de la biblioteca, las cosas comunes,
los hábitos, el joven amor de mi madre, la sombra militar de mis muertos, la noche intemporal,
el sabor del sueño?
Estar contigo o no estar contigo es la medida de mi tiempo.
Ya el cántaro se quiebra sobre la fuente, ya el hombre se levanta a la voz del ave,
ya se han oscurecido los que miran por las ventanas, pero la sombra no ha traído la paz.
Es, ya lo sé, el amor: la ansiedad y el alivio de oír tu voz,
la espera y la memoria, el horror de vivir en lo sucesivo.
Es el amor con sus mitologías, con sus pequeñas magias inútiles.
Hay una esquina por la que no me atrevo a pasar.
Ya los ejércitos me cercan, las hordas.
(Esta habitación es irreal; ella no la ha visto.)
El nombre de una mujer me delata.
Me duele una mujer en todo el cuerpo".
Jorge Luis Borges

0

Interior- Casa Fulano- Noche

A pocas semanas de acabar clases y de graduarse, nuestro protagonista empezaba a sentirse menos infeliz. Iba aceptando de a poco esa relatividad que ser amigo conlleva y lo refrescaban con liviandad los recuerdos efímeros de amorío. Intentaba revalorar la labor divina que le fue concebida de ser, por siempre y para siempre el psicólogo, el doctor, el chofer, el fotógrafo, el mensajero, el botones, el bufón, el hermano, el papá, el peluche, el oído, y el hombro que toda mujer quiere más no valora. Tras silenciosas lágrimas, logró cantar, o al menos pensó que logró cantar. No olvido total, pero sí indiferencia temporal, esa que se necesita como primer paso para llegar alguna vez al perpetuo olvido. *Lo haré* pensó, *podré matar al fin a Ana y no viceversa.*

Raúl y Fulano habían planeado una de sus típicas maratones de películas. Habiendo ya hecho el de James Bond (pasando por las principales de Sean Connery como *Goldfinger* y *Dr. No*, por la única que hizo George Lazemby, por las más relevantes de Roger Moore y Pierce Brosman, hasta la actual *Skyfall* con Craig —imposible vérselas todas de un tirón—), el de Harry Potter, el de Tarantino y el de *Star Wars*, les faltaba hacer alguna con cierto picante. Así que invitaron a más personas. Al final fueron Sofía, Ana y Juanes, con quien la traga de Fulano regresó después de un mediano plazo. Sería entonces una maratón de Martin Scorsese sin precedente alguno. Verían *Goodfellas, Casino, Taxi Driver, Los infiltrados* y, si el tiempo les daba, *El lobo de Wall Street*, su más actual película hasta la fecha. Ya en casa de Fulano (desde las cuatro de la tarde para que les rindiera) pusieron la siguiente regla: teniendo en cuenta que Scorsese tiene los guiones más obscenos de Hollywood, celebrarían cada docena de la mención de la palabra *fuck* con un *shot* de tequila.

En cifras, los *fucks* van más o menos así, *Goodfellas*: 300 menciones. *Casino*: 422 menciones. *Los infiltrados*: 237 menciones. *El lobo de Wall Street*: ¡506 menciones! *Taxi Driver* por tener muchas menos menciones, la dejaron para el intermedio para que sus hígados descansaran un poco. Pólvora se fue a eso de las seis de la tarde ya aburrido. Además de que estaba manejando y no podía tomar, no le gustaban esas películas tan viejas, sobre todo cuando están en el idioma original y tiene que leer subtítulos. Lo anterior generó una pequeña discusión entre él y su novia, quien aprovechó para echarle en cara sus cagadas anteriores, como solía hacer. El tipo salió emputado de la casa de Fulano y Ana amarró su frustración y lágrimas a un trago de tequila fuera del certamen.

A eso de las once se estaban acabando *Los infiltrados*. El primero que desistió fue Raúl, que tras quién sabe cuántos tequilazos, comenzó a vomitar sin parar hasta desmayarse. Gracias al cielo que Sofía lo amaba y no era escrupulosa, porque de lo contrario no habría llegado a tiempo al sanitario y seguro habría muerto ahogado en su propia inmundicia. Ambos se fueron en un taxi a las once y media.

Previniendo lo que le pasó al gordo, Fulano y Ana decidieron no verse *El Lobo de Wall Street* pues cuarenta y dos tragos en una sola película los volvería mierda. Si para el momento ya estaban bien prendidos, imagínese lector si continuaban la regla con la película más guache de la historia. Mortal.

Total, nunca bastaría el tequila. Decidieron, entonces, verse *El padrino*:

Ana y Fulano en la cama de El César, viendo tremendo clásico, la situación, aunque extraña, es habitual entre ellos. No hay indicio alguno de deseo, o al menos es lo que Fula cree. Van en la parte en la que Michael, huye a Sicilia después de matar a Sollozzo. Allí se casa.

Fulano: ¡Apollonia! Me encanta ese personaje.

Ana: Yo sé, la amo.

Fulano: Lástima que la maten en menos de media hora de ella en pantalla.

Ana: Lastima, pero así es la vida.

Fulano: Es verdad. Llena de carros-bomba. Sobretodo aquí en este país.

Ana: No güeva (Ríe). Llena de desamor y de muerte.

Fulano: Bueno también eso. *Ce la vie*.

Ana: *Tale è la vita*.

Fulano: ¡Qué buen acento! Tu italiano supera al de Marlon Brando.

Ana: Bueno, tu francés no es el mejor pero supera por mucho al de Sofía. (Ríen).

Fulano: Ushh cruel. Pobre mujer. Se esfuerza tanto por hablarlo.

Siguen viendo la película y ríen de nuevo al recordar a la francesa criolla. Fulano mira de reojo, por momentos, a la pelirroja que en algún tiempo pudo ser suya. La idea de tirarle a robar un beso pasa por su mente, pero la destruye de inmediato debido a considerarla atrevida.

Fulano: Diooos, odio el tequila. (Disfrazando en el tequila, su frustración).

Ana: Mañana lo vas a amar. No da resaca.

El impulso reprimido de Fulano no bastó, así que Ana tomó la iniciativa: justo en la magistral escena en que Vito Corleone muere en un matorral de maíz mientras jugaba con su nieto, Ana se acercó a Fulano y le pidió que le oliera el tufo.

Ana: No quiero quedar oliendo a tequila, ¿estoy oliendo mucho?

A lo que Fulano sin comprender bastante la tan directa indirecta dijo:

Fulano: De hecho hueles más a cigarrillo.

Arrastró su nariz a petición de ella por el pelo y el rostro buscando indicios de olor a alcohol que la delataran con su padre. Saltó varias veces los labios entre cachete y cachete hasta que Ana, dominada por el tequila, el despecho, o quién putas sabe qué, se movió, rastreó a sus labios inspectores y lo besó. Lo besó por quinta vez. Cualquiera diría que era un beso *random*, cualquier error de desahogo amistoso embriagado. Fulano no lo tomó en serio hasta que Ana dejó su puesto del lado derecho de la cama, saltó encima del langaruto y comenzó a reptar en él. Como oyendo una canción de reguetón interpretada por la mejor orquesta del planeta, comenzaron a bailar uno encima del otro. En palabras coloquiales, buejeaniaron un buen tiempo hasta que el *blue jean* se convirtió en estorbo. Como siempre, la de la iniciativa fue la escarlata. Ella misma desabrochó su cinturón e indujo al pendejo a meterle uno, dos, ¡tres dedos! Fulano, dentro de su pequeño tocadiscos mental, buscó la melodía más movida. El ambiente natural no ayudaba demasiado pues el tan solemne pero a la vez tan pasivo *soundtrack* de *El padrino* retumbaba en sus oídos desalentando la fricción.

Recurrió entonces a *Twist and shout* de los Beatles. No era la canción más erótica del mundo pero su frenético ritmo inspiró a los dedos artríticos de Fulano a hacer bien su trabajo allí dentro. Por otro lado, Ana ya había desabrochado la bragueta de nuestro héroe (o antihéroe, cómo quieran llamarlo). Y había iniciado, con la habilidad de quien ya lo hizo mil veces, el esperado sube y baja. Bendito aquel José Cuervo que bebieron horas antes; pues de lo contrario, Fulano se habría botado en menos de cinco minutos, aunque teniendo en cuenta el ensueño que estaba viviendo, sería difícil que superara los tres minutos. ¡Ana, era Ana! Cualquier mínimo rastro de indiferencia, de olvido, se fue a la putísima mierda. En efecto, todo se fue a la putísima mierda menos ella. La humanidad, la tierra, los animales, la Vía Láctea, este universo y la otra infinidad de universos que es posible existan. Todo menos Ella. Le atribuyó esa definición ajena, olvidando del todo su portadora original, "aquella que es real, verdadera y sincera".

Sin despegar sus labios de los de ella, y su mano derecha del sexo de ella, buscó con la mano izquierda el nochero de su papá. Lo abrió y sacó de allí un condón.

Ana: (Con poca dicción debido al beso y a los seráficos gemidos). No, sin condón. Yo tomo pastillas.

A lo que Fulano regresó su mano. Le empezó a quitar la camisa. Con esta el brasier y el *jean*. Bajó sus bragas azules, se quitó el bóxer, buscó visualmente el lugar a donde debía llegar y se lo metió suavemente. Mientras lo hacían, les causaba gracia sus rostros de orgasmo. Tanto el de Fulano, torciendo los dientes y respirando hondo; como el de Ana, orbitando las pupilas e insultando con deleite. A manera de estúpido juego, interrumpieron un segundo el movimiento ascendente y apostaron a que quien demostrara primero placer, debía acabarse de un sorbo lo que quedaba del tequila. Por supuesto, no les duró demasiado la neutralidad gestual y, debido a que en cierto instante mágico se electrocutaron a la misma vez, olvidaron la penitencia.

Fulano: Te amo. (Refiriéndose tal cual a eso y, si es que existe, a más).

Ana: Yo también. (Refiriéndose solamente a un vago, trivial, frívolo e insustancial aprecio).

Cuando terminaron, o bueno, cuando Fulano terminó, decidió continuar complaciéndola, ya con la mano nomás, entendiendo que ellas llegan mucho después. Pero el citófono de la portería sonó aturdiendo hasta a Michael Corleone. Había llegado Mauricio a recoger a Ana. Miraron la hora y ya eran las dos de la mañana. Fulano maldijo y Ana corrió desesperada a cambiarse. Sacó de su bolso una caja de chicles y se echó a la boca todos los que le quedaban. Fulano, que apenas se ponía el *jean*, trató de despedirse con algo lindo. Pero solo le alcanzó el tiempo para un «chao», y un beso deprisa. Se ofreció a acompañarla al carro de su papá, pero ella se negó. La ayudó entonces a bajar las escaleras y a abrir la puerta. Ambos caminaban apoyados uno del otro para no caer ante el mareo. Si bien ese recorrido fue con ultrasónica urgencia, el chico lo vio, lo respiro, lo sintió y lo disfrutó con amena paciencia. Como sabiendo que se trataba de la última vez que la ayudaría a caminar ebria.

Plano medio. Fulano está sentado en el suelo. En el baño de su cuarto. Acabó de terminar la cuenta regresiva y no logró ni mierda. Terminó en cambio, reviviendo con siniestra intemporalidad, su relación con Ana.

Primer plano de los ojos de Fulano juagados en lágrimas y a la vez ardiendo fuego voraz como el celuloide. Si en su primera vez el vacío llegó implacable y súbito en la misma noche. Este vacío, paciente y más implacable, lo abordó días después cuando la apatía de Ana, no solo lo friendzoneó con alevosía y descaro, sino que negó con su vida lo acontecido esa noche. *No pasó nada. Nada. Nada. Nada. Nada. Nada. Nada. Nada.* Esa palabra lo recorre y lo consume. *Nada.*

Plano detalle de dos frascos vacíos de Dolex. *Nada.* El frenesí le alcanzó para tragarse cuarenta pastillas. *Ante todo, un hombre de palabra.* Le entra un fuerte dolor de estómago que lo catapulta con impulso al suelo. *Nada nada nada.* Evita gritar pues El César está en la otra habitación vistiéndose para la ceremonia. Cree que es mejor así, de esta forma. Igual, si veía a Ana esa noche, de toga y con diploma, maquillada de los pómulos hasta el alma y con el rastro optimista del venidero futuro en su mirada, seguro habría muerto ahí mismo. El escándalo habría sido mayor. Esa idea lo calma un poco. Se aferra con fuerza al tapete, vomita un poco de babaza ensangrentada y se deja ir.

Pasan los créditos con un solo nombre.

Funde a negro.